채근담

이 도서의 국립중앙도서관 출판시도서목록(CIP)은 e-CIP 홈페이지(http://www.nl.go.kr/ecip)에서 이용하실 수 있습니다.(CIP제어번호: CIP2009003049)

채근담

홍자성 지음 | 최현 옮김

B 범우

■ 이 책을 읽는 분에게

《채근담菜根譚》은 중국의 고전으로 명明나라 사람 홍자성洪自誠의 수상집隨想集이다. 전집前集 225장과 후집後集 134장으로 되어 있다. 전집에서는 주로 세파에 시달리며 살아가는 생활 신조에 대해, 후집에서는 자연을 벗삼아 살아가는 즐거움에 대해 말하고 있다. 그러나 이러한 구분이 엄밀하게 되어 있는 것은 아니며, 각 장의 앞뒤 연결도 명확하지는 않다.

《채근담》이라는 책 이름은 송宋나라 학자 왕신민汪信民의 "사람이 언제나 나물 뿌리를 씹을 수 있다면 모든 일을 이루게 될 것이다人常咬得菜根則百事可做"라는 말에서 비롯된 것으로 생각된다. 이 책의 저자 홍자성에 대하여는 거의 알려져 있지 않다. 다만 우공겸于孔兼이라는 사람이 쓴 《채근담》의 서문에 이렇게 적혀 있을 뿐이다.

"어느 날 나의 친구 홍자성이 그가 쓴 《채근담》을 가지고 와서 내게 보여주고 서문을 써달라고 부탁했다. 나는 처음에 별로 대수롭지 않게 생각하고 한 번 훑어보기만 했으나, 그 후 책상 위의 고서古書를 정리한 다음 잡념을 버리고 자세히 읽어보았을 때 비로소 그 진가眞價를 알 수 있었다."

우공겸은 명나라 만력萬歷 8년(1580년)에 벼슬길에 올랐으나 후에 탐관오리貪官汚吏들의 비행을 상소한 일로 신종神宗의 미움을 받아 관직에서 물러난 다음 20년 동안 고향에 묻혀 살다가 죽은 사람이다. 홍자성이 《채근담》의 서문을 부탁한 것은 우공겸이 관직에서 물러난 후였을 것이다. 그러므로 홍자성도 명나라 신종 때의 불우한 선비였던 것 같다. 그리고 이 책의 이름을 《채근담》이라고 붙인 것으로 미루어 그가 청빈淸貧 속에서 역경을 이겨낸 강직한 사람이었으리라는 것을 짐작할 수 있다. "하늘이 내 처지를 곤궁하게 한다면 나는 내 도를 깨쳐 이를 트이게 할 것이다. 그러니 하늘인들 나를 어찌하겠는가?" 하고 그는 말하고 있다.

　그가 동양의 《팡세》라고 볼 수 있는 《채근담》을 쓰게 된 시대적인 배경에 대해 잠깐 더듬어보자. 명나라 14대 황제인 신종이 어린 나이로 제위에 오른 1573년은, 태조 주원장朱元璋이 원元의 왕조를 타도하고 한족의 손으로 중국 본토를 수복한 지 205년째에 해당된다. 이 명나라에 이르러 중세 중국의 군주君主 독재 체제가 완성되었으니 이로써 안으로는 나라의 기틀이 잡혔으나, 밖으로는 대적인 북방의 몽고족과 동남의 일본 해적 왜구倭寇의 외환外患이 그치지 않고 있었다. 이에 정부는 막대한 국방비의 부담을 백성에게 떠맡기고 있었으며, 만력 20년(1592년)에서 26년에 걸쳐서는 일본 도요토미 히데요시豊臣秀吉의 조선 침략으로 일어난 임진왜란에 출병까지 하게 되어 더욱 적자 재정에 허덕이게 되었다. 이 위에 황족과 관료의 횡포가 심하니, 백성들의 원성은 날로 높아만 가고 있었다.

요컨대 홍자성이 생존한 신종 만력 연간은 황제를 정점으로 한 지배 체제가 정비되어 사회 전체가 전제 정치의 굴레를 벗어나지 못하고 있던, 새로운 에너지의 분출구가 막힌 폐쇄된 시대였던 것이다. 이러한 시대적인 배경은《채근담》과도 긴밀한 관련을 갖고 있다.

　　《채근담》은 이런 시대를 가장 진실하게 살아간 선비의 생활 백서白書로, 거기에는 인간의 깊은 고뇌와 달관達觀이 담겨 있다. 홍자성은 그 사상의 토양土壤을 유교에 두고 있으나 노장老莊의 도교와 불교 사상까지도 폭넓게 흡수해서 중용中庸에 의한 오도奧道의 묘리妙理를 설파하고 있다. 즉 홍자성은 세속을 벗어나되 세속을 떠나지 말 것을 주장하며, 명리와 재물도 일방적으로 배격하지 않는다.《채근담》이 예지의 한 길잡이로서 오늘날에도 많이 읽히고 있는 까닭이 바로 여기에 있을 것이다.

옮긴이

차례

채근담
(前集)

1

도덕을 지키고 사는 사람은 한때 적막하지만, 권세에
아부하여 사는 사람은 언제나 처량하다. 이치를 완전
히 깨친 사람은 사물 밖의 사물, 즉 재물이나 지위 이
외의 진리를 보고, 육체 뒤의 몸, 즉 죽은 뒤의 명예를
생각한다. 차라리 한때 적막할지언정 만고萬古의 처량
함을 취하지 마라.

棲守道德者(서수도덕자)는 寂寞一時(적막일시)나 依阿權勢
者(의아권세자)는 凄凉萬古(처량만고)니라. 達人(달인)은 觀物
外之物(관물외지물)하고 思身後之身(사신후지신)하나니 寧受

一時之寂寞(영수일시지적막)이언정 毋取萬古之凄凉(무취만
고지처량)하라.

주 棲守 : 그곳에 머물러 지킴. 依阿 : 의지하고 아첨함. 萬
古 : 영원. 達人 : 도리에 통달한 사람. 物外之物 : 사물 이외
의 사물, 즉 지위나 재물 이외의 진리. 身後之身 : 육체가 없
어진 뒤의 몸, 즉 죽은 후의 명예나 평판.

해설 도덕을 지키고 살아가려고 하면 외롭기 마련이지만
그것은 한때의 일이다. 권력에 아부하면 한때 영화를 누릴지
모르지만 이윽고 영원한 외로움에 시달리게 된다. 도리를 깊
이 깨달은 사람은 세상일에 미혹되지 않고 높은 이상에 산다.

2

세상을 건너가는데 물결이 얕으면 그만큼 때묻는 것
도 얕고, 일에 경험이 깊으면 그 수단도 깊다. 그러므
로 군자君子는 능숙하기보다는 차라리 순박한 편이 낫
고, 치밀하기보다는 차라리 소탈한 편이 낫다.

涉世淺(섭세천)이면 點染亦淺(점염역천)이요, 歷事深(역사심)이면 機械亦深(기계역심)이니라. 故(고)로 君子(군자)는 與其練達(여기련달)로는 不若朴魯(불약박로)하고 與其曲謹(여기곡근)으로는 不若疎狂(불약소광)이니라.

주 涉世 : 세상을 살아감. 點染 : 악에 물듦. 歷事 : 세상일에 대한 경력. 機械 : 수단. 練達 : 능숙하고 통달함. 朴魯 : 꾸밈이 없고 우직함. 曲謹 : 치밀하고 조심함. 疎狂 : 소홀하고 거침.

해설 사람이 세상을 살아가는 것은 마치 거친 물결을 건너가는 것과 같다. 그러므로 세상살이의 경력이 적은 사람은 그만큼 악에 물드는 일이 적으며, 경력이 많은 사람은 그만큼 세상을 능숙하게 살아가는 재주가 많아지게 마련이다. 그러므로 군자는 인생을 능숙하게 살기보다는 정직하고 어리석게 사는 편이 좋고, 빈틈없이 살기보다 가끔 실수는 할지라도 차라리 거칠고 순박하게 사는 편이 낫다.

3

군자의 마음은 하늘이 푸르고 태양이 빛나는 것처럼
남들이 모르게 하지 말아야 하고, 군자의 재주는 구슬
이 바위 속에 숨겨진 것같이 남들이 쉽사리 알게 하지
말아야 한다.

君子之心事(군자지심사)는 天靑日白(천청일백)하여 不可使
人不知(불가사인부지)요, 君子之才華(군자지재화)는 玉韞珠
藏(옥온주장)하여 不可使人易知(불가사인이지)니라.

주 心事 : 마음. 才華 : 뛰어난 재주와 지혜. 玉韞珠藏 : 구
슬이 바위 속에 숨겨져 있음.

해설 푸른 하늘과 밝은 태양은 조금도 꾸밈이나 거짓이 없
어 누가 보더라도 곧 알 수 있다. 사람의 마음도 이처럼 공명
정대해야 한다. 재주나 지혜는 바위 속에 숨겨져 있는 구슬처
럼 함부로 드러내놓지 말고 깊이 간직해두어야 한다.

4

권세와 명리名利, 사치와 부귀를 가까이하지 않는 사람을 결백하다 말하지만 가까이하고서도 이에 물들지 않는 사람이 더욱 결백하며, 권모와 술수를 모르는 사람을 고상하다 말하지만 이를 알면서도 쓰지 않는 사람이 더욱 고상하다.

勢利紛華(세리분화)는 不近者爲潔(불근자위결)이나 近之而不染者(근지이불염자)는 爲尤潔(위우결)이요, 智械機巧(지계기교)는 不知者爲高(부지자위고)나 知之而不用者(지지이불용자)는 爲尤高(위우고)니라.

주 勢利 : 권세와 이익. 紛華 : 사치와 화려함. 尤潔 : 더욱 결백함. 智械機巧 : 권모술수. 尤高 : 더욱 고상함.

해설 부귀와 영화를 가까이하지 않는 사람을 청렴결백하다고 하지만, 가까이하고도 그 나쁜 폐단에 물들지 않는 사람이야말로 더욱 청렴결백한 사람이다. 남을 모략하고 중상하는 것을 모르는 사람을 고상한 인격자라고 하지만, 이 모략중상을 할 줄 알면서도 사용하지 않는 사람이야말로 더욱 고상한 인격자다.

5

귀에는 항상 거슬리는 말만 들리고 마음속에서 항상 어긋나는 일만 일어나면, 이야말로 덕과 행실을 갈고 닦는 숫돌이 될 것이다. 만일 들리는 말마다 귀를 즐겁게 해주고 하는 일마다 마음을 흡족하게 해준다면, 이야말로 자기 몸을 매어 짐새의 독毒 속에 파묻는 일이 될 것이다.

耳中(이중)에 常聞逆耳之言(상문역이지언)하고 心中(심중)에 常有拂心之事(상유불심지사)면 纔是進德修行的砥石(재시진덕수행적지석)이니 若言言悅耳(약언언열이)하고 事事快心(사사쾌심)이면 便把此生(변파차생)하여 埋在鴆毒中矣(매재짐독중의)니라.

주 逆耳之言 : 귀에 거슬리는 말. 충고. 拂心 : 마음에 어긋남. 砥石 : 숫돌. 此生 : 이 몸. 鴆毒 : 짐새(鳥)의 독.

해설 《공자가어孔子家語》를 보면 "좋은 약은 입에 쓰지만 병에는 이롭고, 충고의 말은 귀에 거슬리지만 행실에는 이롭다"는 말이 있다. 귀에 들리는 말마다 언제나 엄격한 비판이고 하는 일이 모두 뜻대로 되지 않는 상태에 있을 때, 오히려 그 괴로움이 약이 되어 인격을 향상시킬 수 있다.

이와 반대로 언제나 남들이 아부하는 소리만 듣고 하는 일마다 순조롭다면, 마치 독약 속에 묻혀서 나날을 보내는 것과 같다. 본문에 나오는 '짐새'는 그 그림자가 지나간 음식만 먹어도 사람이 죽는다는, 무서운 독이 있는 새를 말한다.

6

거센 바람과 성난 비에는 새들도 조심하고, 갠 날씨와 따뜻한 바람에는 초목도 기뻐한다. 천지에는 온화한 기운이 없어서는 안 되고, 사람의 마음에는 하루도 기쁨이 없어서는 안 된다는 것을 알아야 한다.

疾風怒雨(질풍노우)에는 禽鳥(금조)도 戚戚(척척)하며 霽日光風(제일광풍)에는 草木(초목)도 欣欣(흔흔)하나니 可見天地(가견천지)에 不可一日無和氣(불가일일무화기)요, 人心(인심)에 不可一日無喜神(불가일일무희신)이니라.

주 戚戚 : 근심에 싸인 모양. 霽日光風 : 갠 날, 서늘한 바람. 欣欣 : 기뻐하는 모양. 喜神 : 기쁜 마음. 神은 정신.

해설 심한 비바람이 불어닥치는 날에는 새들도 불안해하는 것 같고, 빛나는 햇빛을 받으면 풀과 나무도 기뻐하는 것 같다. 그러니 자연이나 사회에 하루도 없어서는 안 되는 것은 온화함과 기쁜 마음이다.

7

진한 술, 기름진 고기와 맵고 단 것이 참 맛이 아니다. 참 맛은 오직 담담할 뿐이다. 신기한 재주와 뛰어난 행실이 따라야 인격자가 되는 것이 아니다. 인격자는 오직 평범할 따름이다.

醲肥辛甘(농비신감)이 非眞味(비진미)요, 眞味(진미)는 只是淡(지시담)이니라. 神奇卓異(신기탁이)는 非至人(비지인)이요, 至人(지인)은 只是常(지시상)이니라.

주 醲肥 : 진한 술과 기름진 고기. 辛甘 : 맵고 단 음식. 神奇 : 신기한 재주를 가진 사람. 卓異 : 뛰어나게 행동하는 사람. 至人 : 인격이 극치에 달한 사람.

해설 잘 익은 진한 술에 기름진 고기 안주, 그리고 고추나 생강처럼 자극이 있는 음식과 식혜나 설탕처럼 달콤한 음식들은 누구나 먹기 좋아하지만, 이런 맛 좋은 음식을 날마다 계속해서 먹으면 얼마 안 가서 싫증이 난다. 그러니 이것은 음식의 참다운 맛이 아니다. 그러나 쌀밥은 담담하여 별로 맛이 없지만 날마다 먹어도 싫증이 나지 않는다. 이 담담한 맛이 진짜 음식 맛이다. 이와 마찬가지로 신기한 재주나 뛰어난 행실이 반드시 지인至人의 것이라고 볼 수는 없다. 지인은 오직 평범할 뿐이다. 그러나 여기서 말하는 평범은 보통 사람의 평범이 아니라 인격자의 원만한 언동을 가리킨다.

8

하늘과 땅은 고요하여 움직이지 않건만 그 활동은 잠시도 쉬지 않으며, 해와 달은 밤낮으로 달리고 있지만 그 광명은 언제나 변함이 없다. 그러므로 군자는 한가한 때에도 다급한 일에 대비하는 마음을 가져야 하고, 바쁜 처지에서도 한가한 마음을 가져야 한다.

天地(천지)는 寂然不動(적연부동)이로되 而氣機(이기기)는 無息少停(무식소정)하며 日月(일월)은 晝夜奔馳(주야분치)로되 而貞明(이정명)은 萬古不易(만고불역)이니라. 故(고)로 君子(군자)는 閒時(한시)에 要有喫緊的心思(요유끽긴적심사)하며 忙處(망처)에 要有悠閒的趣味(요유유한적취미)니라.

주 氣機 : 작용. 奔馳 : 부지런히 달려감. 貞明 : 광명. 喫緊的心思 : 갑작스러운 변에 대비하는 마음. 悠閒 : 마음에 여유가 있음.

해설 천지는 언제나 조용하나 잠시도 쉬지 않고 활동을 계속하고 있다. 해와 달은 밤낮을 가리지 않고 움직이지만 그 빛은 옛날이나 지금이나 변함이 없다. 움직임 속의 고요, 고요 속의 움직임. 군자는 한가한 때에도 갑자기 닥칠지 모르는 심한 변동에 대비해야 하고, 바쁜 때에도 여유를 가져야 한다.

9

밤이 깊어 사람들이 잠들어 조용할 때 홀로 앉아 자기 마음을 들여다보면, 비로소 허망한 생각이 흩어지고 참된 마음이 나타나는 것을 깨닫게 되며, 언제나 이런 가운데서 큰 진리를 얻을 수 있다. 그러나 이미 참된 마음이 나타났는데도 허망한 생각에서 벗어나기 어려움을 깨닫게 된다면, 또한 이 가운데서 참된 부끄러움을 얻게 되는 것이다.

夜深人靜(야심인정)에 獨坐觀心(독좌관심)하면 始覺妄窮而眞獨露(시각망궁이진독로)하나니 每於此中(매어차중)에 得大機趣(득대기취)니라. 旣覺眞現而妄難逃(기각진현이망난도)면

又於此中(우어차중)에 得大慚忸(득대참뉵)이니라.

주 觀心 : 자기 본심을 관찰함. 妄窮 : 번뇌가 없어짐. 眞獨露 : 진심이 홀로 뚜렷이 나타남. 大機趣 : 큰 진리. 慚忸 : 부끄러움.

해설 깊은 밤 고요 속에서 혼자 자기 마음을 들여다볼 때 비로소 자기의 본심이 나타난다. 이런 때에야말로 인간의 본성을 되찾고 인생의 참된 의의를 발견하게 된다. 그러나 이런 때에도 명리名利에 대한 허망한 생각에서 벗어나지 못한 자기 자신을 발견하면 자기를 부끄럽게 여기는 마음이 깊어진다.

10

은혜 속에서 본래 재앙이 싹트는 법이다. 그러므로 만족스러운 때에 주위를 빨리 둘러보라. 실패한 후에 오히려 성공이 따른다. 그러므로 일이 뜻대로 되지 않는다고 해서 손을 떼지 마라.

恩裡(은리)에 由來生害(유래생해)하나니 故(고)로 快意時(쾌의시)에 須早回頭(수조회두)하고 敗後(패후)에 或反成功(혹반성공)하나니 故(고)로 拂心處(불심처)에 莫便放手(막변방수)하라.

주 恩裡 : 총애를 받는 가운데. 由來 : 원래. 快意 : 만족스러움. 回頭 : 머리를 돌려 사방을 돌아봄. 拂心 : 일이 뜻대로 되지 않음.

해설 윗사람으로부터 총애를 받게 되면 다른 사람의 질투와 미움을 면치 못하게 된다. 그러므로 이런 때에는 말과 행실을 조심하지 않으면 화를 면치 못한다. 사업에 있어서도 마찬가지다. 일이 잘되어 간다고 해서 마음을 놓아서는 안 된다. 실패의 싹은 이런 때에 싹트는 것이다. 반대로 일이 뜻대로 되지 않는다고 해서 걱정만 해서도 안 된다. '실패는 성공의 어머니'라는 말도 있듯이 실패를 전화위복의 기회로 삼아야 한다. 그러므로 일이 뜻대로 되지 않는다고 해서 곧 동댕이쳐서는 안 된다.

명아주 국으로 입을 달래고 비름 나물로 창자를 채우
는 사람은 얼음처럼 맑고 구슬처럼 결백하지만, 비단
을 입고 기름진 고기를 먹는 사람은 남에게 굽실거리
는 종 노릇도 기꺼이 한다. 지조志操는 청렴결백하면
뚜렷해지고, 절개節槪는 부귀를 탐내면 잃게 된다.

藜口莧腸者(여구현장자)는 多氷淸玉潔(다빙청옥결)하고 袞
衣玉食者(곤의옥식자)는 甘婢膝奴顔(감비슬노안)하나니 蓋志
以澹泊明(개지이담박명)하고 而節從肥甘喪也(이절종비감상
야)니라.

주 藜口 : 명아주 국으로 입맛을 다심. 莧腸 : 비름으로 창
자를 채움. 袞衣 : 왕이나 고관이 입는 옷. 玉食 : 좋은 음식.
婢膝 : 종처럼 무릎을 굽실거림. 奴顔 : 종처럼 웃는 낯으로
아부함. 澹泊 : 청렴결백. 節 : 절개. 肥甘 : 기름진 고기와 맛
있는 음식.

해설 들풀의 잎사귀로 배를 채우는 가난 속에서도 만족할 줄 아는 사람은 헛된 욕심이 없기 때문에 마음이 구슬처럼 맑다. 그러나 부귀를 탐내는 사람은 권력 앞에 곧잘 굽실거리는 노예 근성이 뿌리박혀 있기에 비천해진다. 사람의 마음은 청렴결백하여야 지조가 깃들고 부귀를 탐내면 절개를 잃게 된다.

12

살아 있을 때 마음의 문을 활짝 열어 너그러워야 할지니, 사람들로 하여금 불평의 탄식이 없게 하리라. 죽은 후의 혜택은 길이 흘러 오래 마르지 말아야 할지니, 후세의 사람들에게 만족을 주리라.

面前的田地(면전적전지)는 要放得寬(요방득관)하나니 使人無不平之歎(사인무불평지탄)하고 身後的惠澤(신후적혜택)은 要流得久(요류득구)하나니 使人有不匱之思(사인유불궤지사)니라.

주 面前 : 생전. 田地 : 마음. 放得寬 : 개방하여 관대함. 身後 : 죽은 뒤. 流得久 : 남겨서 오래가게 함. 不匱 : 부족함이 없음.

해설 이 세상을 살아가는 동안에는 마음을 넓게 먹고 모든 사람들에게 공평하게 대하고 싶다. 기억에 오래 남을 만한 공헌을 하여 이 세상을 떠난 후에도 후세 사람들을 만족시키고 싶다.

13

작은 길, 좁은 곳에서는 한 걸음 물러서서 남이 먼저 지나가게 하고, 맛있는 음식은 10분의 3만 덜어 남에게 나눠 주어라. 이것이 세상을 살아가는 가장 안락한 방법 중 하나다.

徑路窄處(경로착처)에는 留一步(유일보)하여 與人行(여인행)하고 滋味濃的(자미농적)은 減三分(감삼분)하여 讓人嗜(양인기)하라. 此是涉世(차시섭세)의 一極安樂法(일극안락법)이니라.

주 窄處 : 좁은 곳. 與人行 : 남이 먼저 가게 함. 讓人嗜 : 남에게 양보하여 맛보게 함.

해설 좁은 길에서는 걸음을 멈추고 뒤에서 오는 사람이 먼저 지나가게 하고, 맛있는 음식은 혼자 먹지 말고 일부를 남에게 나눠주어야 한다. 이런 마음이야말로 세상을 행복하게 살아가는 길이다. 어려운 처지에서는 내가 먼저 양보하고, 이익을 상대방에게도 나눠주는 것이 험한 세상을 옳게 사는 방법이다.

14

사람이 설사 뛰어나게 위대한 일을 한 것은 없을지라도 속된 욕정에서 벗어나기만 하면, 그것으로 능히 명사가 될 수 있을 것이다. 학문을 하는 사람이 굉장히 많은 공부는 하지 못해도 물욕物慾을 마음속에서 물리치기만 하면, 그것으로 능히 성인의 경지에 이를 것이다.

作人(작인)에 無甚高遠事業(무심고원사업)이나 擺脱得俗情
(파탈득속정)이면 便入名流(변입명류)요, 爲學(위학)에 無甚增
益工夫(무심증익공부)나 減除得物累(감제득물루)면 便超聖境
(변초성경)이니라.

주 作人 : 훌륭한 사람이 됨. 擺脱 : 벗어버림. 增益工夫 :
업적으로 남을 만한 연구. 減除 : 덜어서 제거함. 物累 : 물욕
에 마음이 얽매임.

해설 훌륭한 인물이 되려면 헛된 욕망을 버려야 한다. 이렇
게 하면 설사 세상을 놀라게 할 만한 공적은 세우지 못해도 뛰
어난 인물이라고 할 수 있다. 그리고 학문을 하는 사람이 반드
시 많은 책을 읽는다고 성인聖人이 되는 것이 아니다. 부귀에
대한 물욕에서 벗어난 사람이라야 성인의 경지에 도달했다고
할 수 있을 것이다.

15

친구를 사귀려면 반드시 10분의 3의 희생심이 있어야 하고, 훌륭한 사람이 되려면 반드시 순결한 마음을 지녀야 한다.

交友(교우)에는 須帶三分俠氣(수대삼분협기)하고 作人(작인)에는 要存一點素心(요존일점소심)이니라.

주 俠氣 : 희생심. 素心 : 본심, 순결한 마음.

해설 친구를 위해 희생하는 마음이 없이는 참된 우정이 생기지 않는다. 순수한 마음을 아주 잃어버리면 인간으로서 자라기 어렵다.

16

혜택과 이익에서는 남을 앞지르지 말고, 덕행과 일에서는 남에게 처지지 마라. 남에게서 받는 보수는 분수를 넘지 않도록 하고, 몸을 닦는 일에서는 분수 안으로 줄어들지 마라.

寵利(총리)에는 毋居人前(무거인전)하고 德業(덕업)에는 毋落人後(무락인후)하라. 受享(수향)엔 毋踰分外(무유분외)하고 修爲(수위)에는 毋減分中(무감분중)하라.

주 寵利 : 총애와 이익. 德業 : 덕행과 사회를 위한 일. 受享 : 남에게 받는 일. 修爲 : 몸을 닦아 실천함. 分中 : 분수의 안.

해설 눈앞에 이득이 보이면 먼저 손에 넣으려고만 하고 자기를 다스리는 일에 무관심한 사람은 남에게 뒤지게 마련이다. 분수에 맞게 보수를 받고 자신의 인격을 닦는 사람은 그 인생을 그르치는 일이 없을 것이다. "군자君子는 의義에 밝고 소인小人은 이利에 밝다"고 공자는 말했지만, 옳은 일에는 앞장서고 이익을 따지는 마당에서는 뒤로 물러설 줄 아는 것이 군자의 몸가짐이다.

17

   세상살이에서 남에게 한 걸음 양보할 줄 아는 것을 고귀하게 여기나니, 한 걸음 물러서는 것은 곧 스스로 한 발짝 앞으로 나가는 토대가 되기 때문이다. 사람을 너그럽게 대해야 복이 되나니, 남을 이롭게 하는 것은 실로 자기를 이롭게 하는 근거가 되기 때문이다.

   處世(처세)에는 讓一步(양일보)가 爲高(위고)니 退步(퇴보)는 卽進步的張本(즉진보적장본)이요, 待人(대인)에는 寬一分(관일분)이 是福(시복)이니 利人(이인)은 實利己的根基(실리기적근기)니라.

   주 爲高 : 높게 여김. 張本 : 근본. 待人 : 사람을 대우함. 一分 : 약간. 是福 : 바로 복이 됨. 根基 : 토대.

   해설 세상을 살아가려면 남보다 앞장서려고 다투기만 해서는 안 된다. 한 걸음 물러서는 데서 오히려 자기의 가치를 높일 수 있다. 한 걸음 물러선 것이 오히려 크게 전진할 수 있는 토대가 된다. 남에게 엄격하기만 해서는 안 되며 적당히 너그러워야 한다. 남을 위하는 것이 결국은 자기에게도 이득이 된다.

18

세상을 뒤덮는 큰 공적도 '자랑 긍矜'자 한 자를 당해내지 못하고, 하늘에 가득 찬 큰 죄도 '뉘우칠 회悔'자 한 자를 당해내지 못하느니라.

蓋世功勞(개세공로)도 當不得一個矜字(당부득일개긍자)요,
彌天罪過(미천죄과)도 當不得一個悔字(당부득일개회자)니라.

주 蓋世 : 세상을 뒤덮음. 彌天 : 하늘에 꽉 참.
해설 온 세상에 알려질 만큼 큰 공로를 세웠다고 하더라도 이것을 스스로 자랑하면 아무 가치도 없게 된다. 또 아무리 큰 죄를 저질렀다고 해도 뜨거운 눈물을 흘리면서 깊이 뉘우치면 그 죄는 남김없이 사라져버릴 것이다.

19

좋은 이름과 아름다운 절개는 혼자서 차지하지 마라. 조금은 남에게도 나눠줘야 해를 멀리하여 몸을 보전할 수 있다. 욕된 행실과 더러운 이름을 남에게만 돌리지 마라. 조금은 끌어다 자기에게로 돌려야 빛을 덮고 덕을 기를 수 있다.

完名美節(완명미절)은 不宜獨任(불의독임)이니 分些與人(분사여인)이라야 可以遠害全身(가이원해전신)이요, 辱行汚名(욕행오명)은 不宜全推(불의전추)니 引些歸己(인사귀기)라야 可以韜光養德(가이도광양덕)이니라.

주 完名 : 완전한 이름. 명예. 美節 : 아름다운 절개. 獨任 : 독점. 全推 : 남에게 미룸. 歸己 : 자기에게 돌림. 韜光 : 빛을 쌈. 지혜를 안에 지님.

해설 공적이나 명성은 혼자 독점해서는 안 된다. 남에게도 돌려야만 질투나 미움을 받지 않게 된다. 실패나 불명예를 모두 남에게 돌리면 원망을 사게 마련이다. 자기도 그 책임의 일부를 지고 사람들과 협조하는 것이 인간의 도리다.

20

모든 일에 어느 정도의 여유를 갖고 여지를 남기면 조물주도 나를 꺼리지 않고 귀신도 나를 해치지 못한다. 그러나 만일 일이 반드시 다 이루어지기를 바라고 공功이 반드시 다 차기를 원하면 안에서 변이 일어나거나 아니면 밖에서 우환이 닥치게 된다.

事事(사사)에 留個有餘不盡的意思(유개유여부진적의사)면 便造物(변조물)도 不能忌我(불능기아)하고 鬼神(귀신)도 不能損我(불능손아)니라. 若業必求滿(약업필구만)하고 功必求盈者(공필구영자)는 不生內變(불생내변)이면 必召外憂(필소외우)니라.

주 造物 : 조물주. 業必求滿 : 일이 반드시 완성되기를 바람. 求盈 : 가득 차기를 바람.

해설 무슨 일을 하든지 당장에 요절을 내려고 해서는 안 된다. 매사에 여유를 갖고 느긋한 심정을 잊지 말아야 한다. 그렇게 되면 창조주는 물론 귀신도 재앙을 내리지 못할 것이다. 그러나 만일 무슨 일이나 백 퍼센트의 성과를 올리지 않고서는 직성이 풀리지 않는다면 결국은 안이나 밖으로 재앙을 면할 수 없을 것이다.

21

가정 안에 하나의 참된 부처가 있고, 일상 생활 속에 한 가지 참된 도道가 있다. 사람이 성실한 마음을 갖고 화친을 도모하며 즐거운 안색을 하고 부드러운 말씨로 부모와 형제를 한 몸이 되게 하고 뜻이 맞게 하면, 부처 앞에 앉아 숨을 고르게 쉬고 마음을 가다듬는 것보다 만 배나 더 나을 것이다.

家庭(가정)에 有個眞佛(유개진불)하고 日用(일용)에 有種眞

道(유종진도)니라. 人能誠心和氣(인능성심화기)하고 愉色婉言(유색완언)하여 使父母兄弟間(사부모형제간)으로 形骸兩釋(형해양석)하고 意氣交流(의기교류)하면 勝於調息觀心萬倍矣(승어조식관심만배의)리라.

주 日用 : 일상사. 愉色 : 유쾌한 낯빛. 婉言 : 완곡한 말. 形骸 : 몸. 兩釋 : 둘이 하나로 융화됨. 調息 : 숨을 고르게 함.

해설 부처는 절에서 찾기에 앞서 집에서 찾아야 하며, 진리는 상아탑象牙塔 속에서 찾기에 앞서 일상 생활 속에서 찾아야 한다. 한 집안 식구가 성실하고 화평하게 살며 마음을 하나로 융합할 수 있다면 부처님 앞에서 도를 닦는 것보다 몇만 배나 나은 것이다.

22

움직이기를 좋아하는 사람은 구름 속의 번개 같고 바람 앞의 등불 같으며, 조용한 것을 즐기는 사람은 불 꺼진 재와 같고 마른 나무와 같다. 멈춘 구름과 잔잔한 물결 중에 솔개가 날아가고 물고기가 뛰노는 기상이 있어야 하나니, 이것이 바로 도道를 깨친 사람의 마음 이다.

好動者(호동자)는 雲電風燈(운전풍등)이요, 嗜寂者(기적자) 는 死灰稿木(사회고목)이니라. 須定雲止水中(수정운지수중) 에 有鳶飛魚躍氣象(유연비어약기상)하나니 纔是有道的心體 (재시유도적심체)니라.

주 雲電 : 구름 속의 번개. 嗜寂 : 고요를 좋아함. 死灰稿 木 : 식은 재와 마른 나무. 止水 : 고인 물. 鳶飛魚躍 : 하늘에 서 솔개가 날고 물속에서 고기가 뛰논다.

해설 너무 활동하기를 좋아하는 사람은 침착성이 없을 뿐 만 아니라, 마치 구름 속에서 순간적으로 번쩍이고 마는 번개 나 바람 앞에 놓인 등불과 같아서 그 결과를 기대할 수 없다. 그런가 하면 유난히 활동하기를 싫어하는 사람은 무기력할 뿐 아니라, 마치 불이 꺼진 재나 말라버린 나무와 같아서 생기를 아주 잃고 만다. 사람의 마음이란 떠돌다가 멈춘 흰 구름 사이로 솔개가 원을 그리며 유유히 날아가듯, 또는 흐르다가 고인 맑은 물속에서 물고기가 한가히 뛰놀듯이 언제나 늠름한 기상을 지니고 있어야 한다.

23

남의 잘못을 너무 엄하게 공격하지 마라. 그가 그 공격을 받아 견딜 만한가를 생각해 보아야 한다. 사람을 선善으로 가르치되 너무 높은 것으로써 하지 마라. 그가 능히 따를 수 있게 해야 한다.

攻人之惡(공인지악)에 毋太嚴(무태엄)하라. 要思其堪受(요사기감수)니라. 敎人以善(교인이선)에 毋過高(무과고)하라. 當使其可從(당사기가종)이니라.

주 太嚴 : 너무 엄격함. 堪受 : 공격을 받아 견딤. 過高 : 지나치게 고상하고 높음.

해설 남의 결점을 비판할 때 너무 엄해서는 안 된다. 비판을 받는 사람이 그것을 견디고 받아들일 수 있도록 해야 한다. 그리고 남을 지도할 때에는 너무 완벽하기를 요구해서는 안 된다. 지도를 받는 사람이 이해하고 따라올 수 있을 만큼 그의 정도에 맞춰야 한다.

24

굼벵이는 더럽기 짝이 없지만 변하여 매미가 되어 가을 바람에 맑은 이슬을 마시고, 썩은 풀은 빛이 없지만 변하여 반딧불이 되어 여름 달밤에 광채를 낸다. 그러니 깨끗함은 언제나 더러움에서 비롯되고, 밝음은 항상 어둠으로부터 생긴다는 것을 알 수 있다.

糞蟲(분충)은 至穢(지예)나 變爲蟬(변위선)하여 而飮露於秋風(이음로어추풍)하고 腐草(부초)는 無光(무광)이나 化爲螢(화위형)하여 而耀采於夏月(이요채어하월)하나니 固知潔常自汚出(고지결상자오출)하고 明每從晦生也(명매종회생야)니라.

주 糞蟲 : 굼벵이. 至穢 : 몹시 더러움. 耀采 : 광채를 빛냄.

해설 굼벵이는 쓰레기나 두엄 밑에서 자라지만 껍질을 벗고 매미가 되면 나뭇가지에 앉아 가을 바람에 노래하며 맑은 이슬을 마시고 살아간다. 썩은 풀은 빛이 없지만 변하여 반딧불이 되면 여름 달밤에 별처럼 아름다운 광채를 내며 날아다닌다. 이것으로 미루어보면 더러운 데서 깨끗한 것이 나오고, 어둠에서 밝은 것이 생기는 것을 알 수 있다.

 *《예기禮記》를 보면 썩은 풀이 변하여 반딧불이 된다는 기록이 있다.

25

 뽐내고 교만한 마음은 모두 객쩍은 기운이 아닐 수 없다. 이 객쩍은 기운을 항복받아 물리치고 나야 참된 기운이 자랄 수 있다. 정욕은 망령된 마음이다. 이 망령된 마음을 소멸한 후에야 참된 마음이 나타나는 것이다.

矜高倨傲(긍고거오)는 無非客氣(무비객기)니 降伏得客氣下而後(항복득객기하이후)에 正氣伸(정기신)하고 情欲意識(정욕의식)은 盡屬妄心(진속망심)이니 消殺得妄心盡而後(소쇄득망심진이후)에 眞心現(진심현)이니라.

주 矜高 : 잘난 체 뽐냄. 倨傲 : 거만함. 客氣 : 혈기나 만용에서 오는 개쩍은 기운. 正氣 : 공명정대한 기운.

해설 뽐내고 교만한 것은 허세에 지나지 않는다. 이 허세를 버린 후에야 비로소 그 사람의 진가가 나타난다. 욕망이나 타산은 모두 미혹된 마음에서 생기는 것이다. 미혹에서 벗어나야 비로소 그 사람의 진심이 나타난다.

26

배부른 뒤에 음식 맛을 생각하면 맛이 있고 없는 구별이 모두 사라지고, 관계한 뒤에 욕정을 생각하면 남자와 여자의 구별이 없어진다. 그러므로 사람이 언제나 일이 끝난 뒤의 후회로써 일을 시작할 때의 어리석음을 깨뜨린다면, 본성本性이 자리잡혀 행동을 그르치는 일이 없을 것이다.

飽後(포후)에 思味(사미)하면 則濃淡之境(즉농담지경)이 都消(도소)하며 色後(색후)에 思婬(사음)하면 則男女之見(즉남녀지견)이 盡絶(진절)이니라. 故(고)로 人常以事後之悔悟(인상이사후지회오)로 破臨事之癡迷(파림사지치미)하면 則性定而動無不正(즉성정이동무부정)이니라.

주 濃淡 : 맛이 있는 음식과 맛이 적은 음식. 都消 : 다 사라짐. 臨事 : 일에 임함. 癡迷 : 어리석음. 性定 : 본성이 확고부동해짐.

해설 배가 부르면 음식이 맛있고 맛없는 데 대해 전혀 관심을 갖지 않게 된다. 정사도 끝나버리면 정욕이 사라지고 허망한 느낌이 든다. 유혹에 빠질 듯할 때, 언제나 그 일이 끝난 후에 후회할 생각을 가지고 미리 그 어리석음을 깨달으면 자기의 본심을 잃지 않게 될 것이다.

고관의 자리에 올라 있을지라도 자연에 묻혀 사는 취미가 있어야 하며, 자연에 묻혀 살아갈지라도 반드시 조정의 경륜을 품어야 한다.

居軒冕之中(거헌면지중)에 不可無山林的氣味(불가무산림적기미)하고, 處林泉之下(처림천지하)에 須要懷廊廟的經綸(수요회랑묘적경륜)이니라.

주 軒冕 : 고위고관. 林泉 : 자연. 廊廟 : 조정. 經綸 : 나라를 다스리는 일.

해설 정치의 무대에서 고위고관으로 활약할 때에는 정치에서 손을 떼고 은퇴하여 자연을 벗삼고 유유히 살아가는 은자隱者와 같은 담담한 심정을 길러야 한다. 만일 그렇지 못하고 그 지위를 지키기에 급급하면 마침내 자신을 망치게 될 것이다. 이와 반대로 정치의 일선에서 물러나 자연을 벗삼고 유유히 살아가는 몸이라도 항상 국가를 다스리고 큰일을 할 수 있는 포부를 지니고 있어야 한다. 만일 이러한 준비가 없으면 기회가 돌아와도 활동할 수 없게 될 것이다.

28

세상을 살아가는 동안에 언제나 성공만 따르기를 바라지 마라. 일을 그르치지 않으면 그것이 곧 성공인 것이다. 남에게 줄 때 상대방이 그 은덕에 감동하기를 바라지 마라. 상대방이 원망하지 않으면 그것이 바로 은덕인 것이다.

處世(처세)에 不必邀功(불필요공)하라. 無過(무과)면 便是功(변시공)이니라. 與人(여인)에 不求感德(불구감덕)하라. 無怨(무원)이면 便是德(변시덕)이니라.

주 邀功 : 공명을 억지로 구함. 與人 : 다른 사람에게 줌. 感德 : 은덕에 감동함.

해설 사람은 세상을 살아가면서 하는 일에 큰 성과가 있기만을 바랄 것이 아니라, 실패가 없으면 그것으로 만족할 줄도 알아야 한다. 또 남에게 은혜를 베풀 때에는 상대방이 그 은혜를 고맙게 여기기를 바라지 않는 편이 현명한 일이다. 자기에게 원망이 돌아오지 않는 것만으로도 은혜를 베푼 의의는 충분히 있다.

29

걱정이 되어 부지런히 일하는 것이 미덕이기는 하지만, 지나치게 수고하면 본성에 따르거나 마음을 즐겁게 할 수 없다. 청렴하고 결백한 것은 높은 기개이지만, 지나치게 깨끗하면 사람을 돕거나 일을 이롭게 할 수 없다.

憂勤(우근)은 是美德(시미덕)이나 太苦則(태고즉) 無以適性怡情(무이적성이정)이요, 澹泊(담박)은 是高風(시고풍)이나 太枯則(태고즉) 無以濟人利物(무이제인리물)이니라.

주 憂勤 : 일을 근심하고 부지런히 노력함. 太苦 : 지나치게 괴롭힘. 怡情 : 마음을 즐겁게 함. 澹泊 : 담백. 高風 : 높은 기개. 太枯 : 지나치게 말쑥함. 濟人 : 사람을 구제함. 利物 : 일을 잘되게 함.

해설 애써 노력하는 것은 미덕이지만, 너무 고생만 해서는 살아갈 보람이 없지 않은가? 이렇게 되면 건강을 해치고 인간의 본성까지 잃기 쉽다. 부정과 협잡이 판을 치는 세상에 청렴결백은 바람직한 기풍이지만, 지나치게 말쑥하면 남을 돕고 일을 이루기는커녕 자기 한 몸도 주체하지 못할 것이다.

30

일이 막혀 궁지에 빠진 사람은 마땅히 그 처음의 심정으로 되돌아가 생각해야 하고, 공을 쌓아 만족스러운 사람은 그 말로末路를 내다보아야 한다.

事窮勢蹙之人(사궁세축지인)은 當原其初心(당원기초심)하고 功成行滿之士(공성행만지사)는 要觀其末路(요관기말로)

48

니라.

주　事窮 : 일이 막힘. 勢蹙 : 형세가 오그라짐. 行滿 : 행함
이 가득함. 일이 뜻대로 됨.

해설　일이 실패하여 궁지에 빠졌다고 해서 실망해서는 안
된다. 이런 경우에는 한 걸음 뒤로 물러나서 그 일을 시작했을
때의 상태부터 냉정히 검토해볼 일이다. 그러면 어딘가에서
해결의 실마리를 찾아 새로운 용기를 갖게 될 것이다. 이와 반
대로 일이 성공을 거두어 마음에 흡족할 때에는 그대로 밀고
나가지만 말고 잠시 발길을 멈추고 앞길을 내다보는 여유가
필요하다.

31

부귀를 누리고 있는 집안은 마땅히 너그럽고 후해야
하는데 도리어 남에게 각박하게 군다면 이것은 곧 부
귀를 누리면서도 그 행실은 가난하고 천한 것이니, 어
찌 그 부귀를 능히 간직할 수 있겠는가! 총명한 사람은

마땅히 그 재주를 감춰야 하는데 도리어 드러내어 자랑한다면 이것은 곧 총명하면서도 어리석고 어둠에 병들어 있는 것이니, 어찌 실패하지 않을 수 있겠는가!

富貴家(부귀가)는 宜寬厚(의관후)어늘 而反忌刻(이반기각)이면 是(시)는 富貴而貧賤其行矣(부귀이빈천기행의)니 如何能享(여하능향)이리요. 聰明人(총명인)은 宜斂藏(의렴장)이어늘 而反炫耀(이반현요)면 是(시)는 聰明而愚懵其病矣(총명이우몽기병의)니 如何不敗(여하불패)리요.

주 忌刻 : 시기하고 각박하게 굶. 斂藏 : 거두어 깊이 숨김. 炫耀 : 빛냄. 드러내 자랑함. 愚懵 : 어리석고 미련함.

해설 부귀를 누리는 집안 사람은 당연히 남에게 너그럽고 후해야 하는데 오히려 남에게 매정하고 인색하다면 이것은 가난하고 천한 사람의 행동이다. 이런 사람이 어떻게 그 부귀를 오래 누릴 수 있겠는가! 또 재능이 있는 사람이라면 당연히 그것을 숨겨야 하는데 오히려 그를 코에 걸고 자랑한다면 분별이 없는 어리석은 자와 마찬가지다. 그러므로 언젠가는 실패하고 말 것이다.

32

낮은 데 살아본 후에야 높은 데 올라가는 것이 위태로운 줄 알게 되고, 어두운 데 있어본 후에야 밝은 빛이 눈부신 줄 알게 된다. 안정을 지켜본 후에야 활동을 좋아하는 것이 수고롭기만 함을 알게 되고, 침묵의 수양을 해본 후에야 말 많은 것이 시끄러운 줄 알게 된다.

居卑而後(거비이후)에 知登高之爲危(지등고지위위)하고 處晦而後(처회이후)에 知向明之太露(지향명지태로)하며 守靜而後(수정이후)에 知好動之過勞(지호동지과로)하고 養默而後(양묵이후)에 知多言之爲躁(지다언지위조)니라.

주 向明 : 광명을 마주함. 太露 : 너무 드러나 눈부심. 養默 : 침묵의 수양을 쌓음.

해설 높은 지위에 있을 때에는 그것이 얼마나 위험한 것인지 잘 모른다. 그 자리에서 물러나 낮은 데서 보아야 비로소 그 위험함을 알게 된다. 어두운 데서 보면 해가 비치는 곳에 있는 자의 실태를 잘 볼 수 있다. 조용한 생활을 해본 후에야 지나치게 활동하는 것이 부질없음을 깨닫게 되고, 홀로 남들이 떠드는 것을 지켜본 후에야 그것이 얼마나 시끄러운가를 알게 된다. 그러므로 사람은 높은 데 있을 때에도 몸을 낮추고, 밝은 데 나가서도 행동을 조심하며, 활동할 때에도 고요의 멋을 알아야 한다. 그리고 또한 침묵을 지키고 말을 삼가야 한다.

33

부귀와 공명에 얽매인 마음을 다 털어버려야 비로소 범속凡俗에서 벗어날 수 있고, 도덕과 인의仁義에 얽매인 마음을 다 벗어버려야 비로소 성인聖人의 경지에 들어갈 수 있다.

放得功名富貴之心下(방득공명부귀지심하)라야 便可脫凡(변
가탈범)이요, 放得道德仁義之心下(방득도덕인의지심하)라야
纔可入聖(재가입성)이니라.

주 放得下 : 털어버림. 脫凡 : 범속에서 벗어남.

해설 돈과 지위, 권력과 명성은 사람마다 바라는 것이다.
그런데 여기에 악착같이 매달려 그 노예가 되면 속된 인간이
되고 만다. 또 도덕과 인의는 훌륭한 생활규범이다. 그러나
그 규범의 굴레에서 벗어나지 못한다면 성인의 경지에 이르지
못할 것이다. 애써 수양을 쌓는 경지에서 한 걸음 나아가 도덕
이나 인의에 사로잡히지 않게 되었을 때 비로소 성인의 경지
에 도달했다고 할 수 있을 것이다. 공자가 말한 "나이 70에 마
음이 원하는 대로 행동해도 법도에서 벗어나지 않았다(七十而後
心所欲不踰矩)"는 경지일 것이다.

34

이욕利欲이 다 마음을 해치는 것이 아니라 독단적인

생각이 바로 마음을 해치는 해충이다. 애욕이 반드시
도道를 가로막는 것이 아니라 자기를 총명하다고 보는
생각이 바로 도를 가로막는 것이다.

利欲(이욕)이 未盡害心(미진해심)이요, 意見(의견)이 乃害心
之蟊賊(내해심지모적)이며, 聲色(성색)이 未必障道(미필장도)
요, 聰明(총명)이 乃障道之藩屛(내장도지번병)이니라.

주 意見 : 독단적인 생각. 蟊賊 : 해충. 聲色 : 음악과 색정.
여기서는 애욕으로 풀이함. 障道 : 수양을 가로막음. 藩屛 :
울타리.

해설 이득을 구하는 마음이 반드시 사람의 본심을 해치는
것은 아니다. 그보다도 더 두려운 것은 그릇된 생각에 사로잡
히는 것이다. 애욕이 반드시 사람의 성장을 가로막는 것은 아
니다. 그보다도 해로운 것은 어설픈 총명이다. 자기를 총명하
다고 믿는 생각이야말로 사람을 교만하게 만드는 큰 요소다.

35

  사람의 마음은 변하기 쉽고, 세상을 살아가는 길은 험난하다. 가기 어려운 곳에서는 한 걸음 물러설 줄 알아야 하고, 쉽게 갈 수 있는 곳에서는 3분三分의 공을 사양하여 남에게 나눠주어야 한다.

  人情(인정)은 反復(반복)하고 世路(세로)는 崎嶇(기구)니라. 行不去處(행불거처)에는 須知退一步之法(수지퇴일보지법)하고 行得去處(행득거처)에는 務加讓三分之功(무가양삼분지공)이니라.

  주 反復 : 뒤집힘, 자주 변함. 崎嶇 : 험함.

  해설 사람의 마음은 변하기 쉽고, 세상을 살아가는 길은 험하기 그지없다. 세상을 평탄하게 살아가는 방법이 있으니 그것은 남에게 얼마간 양보하는 것이다. 험하고 좁은 길에서는 상대방에게 먼저 지나가도록 양보하고, 가기 쉬운 넓은 길에서는 상대방에게 나란히 걸어갈 만큼의 길을 비켜주는 것이

다. 즉 어려운 일을 당하면 상대방을 먼저 안전한 곳으로 내보
내고, 이득이 생기면 상대방에게 나눠주기를 잊지 말아야 한
다. 이것이 세상을 살아가는 도리다.

36

소인小人을 대할 때엔 엄하기가 어려운 것이 아니라
미워하지 않기가 어렵고, 군자를 대할 때엔 공손하기
가 어려운 것이 아니라 예절을 잃지 않기가 어렵다.

待小人(대소인)에는 不難於嚴(불난어엄)이나 而難於不惡(이
난어불오)하고, 待君子(대군자)에는 不難於恭(불난어공)이나
而難於有禮(이난어유례)니라.

주 不惡 : 미워하지 않음.
해설 소인은 으레 말과 행동에 잘못이 많아 엄하게 대하기
는 쉬우나, 그를 미워하지 않고 너그러운 마음을 가지고 올바
로 인도하기는 어려운 일이다. 또 인격이 높은 군자 앞에서는

누구나 저절로 고개가 숙여지게 마련이므로 공손한 태도를 취하기는 쉽다. 그러나 공손이 지나치면 비굴해지므로 예절을 지키기 어렵다.

37

차라리 순박함을 지키고 총명함을 물리쳐 공명정대公明正大한 기운을 지녀 천지로 돌리라. 차라리 화려함을 사양하고 청렴결백함을 달게 여겨 깨끗한 이름을 세상에 남기라.

寧守渾噩而黜聰明(영수혼악이출총명)하여 留些正氣還天地(유사정기환천지)하고 寧謝紛華而甘澹泊(영사분화이감담박)하여 遺個淸名在乾坤(유개청명재건곤)하라.

주 渾噩 : 소박하여 꾸밈이 없음. 正氣 : 공명정대한 하늘의 기운. 紛華 : 겉으로 화려함. 澹泊 : 청렴결백. 淸名 : 깨끗한 이름.

해설 어설프게 영리한 체하지 말고 순박하게 살면서 자기의 본성을 찾아내어 이것을 잘 발전시켜야 한다. 그리하여 천지의 공명정대한 정신을 몸에 지녔다가 죽으면 이 정신을 천지로 돌려보낼 일이다. 또한 부귀와 영화를 누리는 호화로운 생활은 더러운 이름을 남기기 쉬우니, 청렴결백하게 살다가 죽어서는 깨끗한 이름을 세상에 남기는 것이 현명한 일이다.

38

악마를 항복시키려거든 먼저 자기 마음을 다스리라. 마음이 잘 다스려지면 모든 악마들이 스스로 물러갈 것이다. 남의 횡포를 누르려거든 먼저 자기의 혈기를 누르라. 혈기가 가라앉으면 외부의 횡포가 침입하지 못할 것이다.

降魔者(항마자)는 先降自心(선항자심)하라. 心伏則群魔退廳(심복즉군마퇴청)이니라. 馭橫者(어횡자)는 先馭此氣(선어차기)하라. 氣平則外橫不侵(기평즉외횡불침)이니라.

주 降魔 : 악마를 항복시킴. 退廳 : 물러남. 馭橫 : 횡포한 자를 누름. 此氣 : 객기, 혈기.

해설 먼저 자기의 간사한 마음을 이기도록 하자. 그러면 어떤 유혹도 물리칠 수 있다. 그리고 외부의 장해물을 막으려면 먼저 자기의 혈기를 가라앉혀야 한다. 즉 사람은 마음가짐이 가장 중요하다.

39

자녀를 가르치는 것은 마치 규중의 처녀를 가르치는 것과 같다. 무엇보다도 출입을 엄하게 하고 친구를 조심해서 사귀게 해야 한다. 만일 한번 악한 사람과 접근하게 되면 마치 깨끗한 논밭에 잡초의 씨앗을 뿌리는 것과 같으니, 한평생 좋은 곡식을 심기가 어려울 것이다.

敎弟子(교제자)는 如養閨女(여양규녀)니라. 最要嚴出入(최요엄출입)하고 謹交遊(근교유)하나니 若一接近匪人(약일접근

비인)이면 是(시)는 淸淨田中(청정전중)에 下一不淨種子(하일
부정종자)하여 便終身難植嘉禾(변종신난식가화)니라.

주 弟子 : 자녀. 閨女 : 규중 처녀. 最要 : 가장 필요함. 匪
人 : 악한 사람. 嘉禾 : 좋은 곡식.

해설 감수성이 예민한 어린 자녀를 기르자면 규중 처녀를
기르는 것처럼 세심한 주의를 기울여야 한다. 이때에는 무엇
보다도 친구를 가려 사귀게 해야 한다. 만일 한번이라도 나쁜
친구와 어울리게 되면 마치 잘 갈아놓은 좋은 논밭에 잡초의
씨앗을 뿌린 격이어서 좋은 성과를 기대할 수 없다.

40

정욕에 관한 일은 쉽게 즐길 수 있을지라도 결코 손
끝에 물들이지 마라. 한번 손끝에 물들면 만 길 낭떠러
지 아래로 굴러떨어질 것이다. 바른 길에 관한 일은 어
렵더라도 결코 뒤로 물러서서는 안 된다. 한 걸음 물러
서면 일천 산山을 사이에 둔 거리만큼 멀리 떨어질 것

이다.

欲路上事(욕로상사)는 毋樂其便(무락기편)하여 而姑爲染指
(이고위염지)하라. 一染指(일염지)면 便深入萬仞(변심입만인)
이니라. 理路上事(이로상사)는 毋憚其難(무탄기난)하여 而稍
爲退步(이초위퇴보)하라. 一退步(일퇴보)면 便遠隔千山(변원
격천산)이니라.

주 欲路上事 : 정욕에 있어서의 일. 染指 : 손가락에 물들
다. 萬仞 : 만 길 깊은 절벽. 理路上事 : 옳은 도리에 관계된
일. 千山 : 많은 산.

해설 쉽게 즐길 수 있다고 해서 헛된 욕정에 빠지지 마라.
한번 그 맛을 알게 되면 점점 깊이 빠져들어가게 마련이다. 어
렵다고 해서 도리에 합당한 일을 행하기를 망설이지 마라. 한
번 도리에 어긋나는 행동을 하면 끝내 여기서 헤어나지 못한
다. 정욕은 삼갈수록 좋고 정의는 용감할수록 좋다.

마음이 후덕한 사람은 자기 자신에게도 후하고 남에게도 후하여 이르는 곳마다 두텁다. 마음이 말쑥한 사람은 자기 자신에게도 박하고 남에게도 박하여 하는 일마다 말쑥하다. 그러므로 군자는 평상시에 즐기고 좋아하기를 지나치게 두텁고 후하게 하지 말아야 하고, 또 지나치게 말쑥하고 박하게 하지도 말아야 한다.

念頭濃者(염두농자)는 自待厚(자대후)하고 待人亦厚(대인역후)하여 處處皆濃(처처개농)이요, 念頭淡者(염두담자)는 自待薄(자대박)하고 待人亦薄(대인역박)하여 事事皆淡(사사개담)이니라. 故(고)로 君子(군자)는 居常嗜好(거상기호)에 不可太濃艶(불가태농염)하며 亦不宜太枯寂(역불의태고적)이니라.

주 念頭 : 마음. 居常 : 평상. 嗜好 : 즐기고 좋아함. 濃艶 : 짙고 아름다움, 두텁고 후함. 枯寂 : 지나치게 말쑥하여 쓸쓸함.

해설 후덕한 사람은 하는 일이 모두 후하다. 이것은 미덕이
지만 지나치면 무절제요 낭비가 된다. 또 청렴한 사람은 하는
일마다 깨끗하다. 이것은 고상한 일이지만 지나치면 각박해
진다. 사람은 후하고 청렴하되 지나치지 말고 중용을 취해야
한다.

42

그가 부富를 내세울 때 나에게는 인仁이 있고, 그가 지
위를 내세울 때 나에게는 의義가 있다. 그러므로 군자
는 임금이나 대신에게 농락되지 않는다. 힘을 다하면
천명天命도 이기고, 뜻을 모으면 기질氣質도 변화시킨
다. 그러므로 군자는 조물주가 만들어준 사람의 기질
과 운명의 영향도 받지 않는다.

彼富(피부)면 我仁(아인)이요, 彼爵(피작)이면 我義(아의)니
君子(군자)는 固不爲君相所牢籠(고불위군상소뢰롱)이니라. 人
定(인정)이면 勝天(승천)하며 志一(지일)이면 動氣(동기)하나

니, 君子(군자)는 亦不受造物之陶鑄(역불수조물지도주)니라.

43

몸을 한 걸음 높이 세우지 않는다면 마치 먼지 속에
서 옷을 털고 흙탕물에 발을 씻는 것과 같으니 어찌 인
생을 깨칠 수 있으리요! 세상을 한 걸음 뒤져서 살아가
지 않는다면, 마치 불나방이 촛불로 날아들고 양이 울

타리를 들이받는 것과 같으니 어찌 생활이 안락할 수
있으리요!

立身(입신)에 不高一步立(불고일보립)이면 如塵裡(여진리)
에 振衣(진의)하고 泥中(니중)에 濯足(탁족)이니 如何超達(여
하초달)이리요, 處世(처세)에 不退一步處(불퇴일보처)면 如飛
蛾投燭(여비아투촉)하고 抵羊觸藩(저양촉번)이니 如何安樂
(여하안락)이리요.

주 立身 : 몸을 세움. 뜻을 세움. 超達 : 달관함. 飛蛾 : 불나
방. 抵羊觸藩 : 양이 울타리를 들이받음.

해설 세상 사람들보다 한 걸음 높은 곳에 뜻을 두지 않으면,
먼지 속에서 옷을 털고 흙탕물에 발을 씻듯 때가 묻은 채 인생
의 참뜻을 영영 깨닫지 못할 것이다. 또한 험한 세상살이에서
는 다른 사람들보다 한 걸음 뒤져서 가지 않으면, 마치 불나방
이 불 속에 날아들어 타 죽고 양이 뿔로 울타리를 들이받아 자
기 몸을 결딴내는 것과 같으니 어찌 평안히 살 수 있겠는가?

학문하는 사람은 정신을 가다듬어 한 곳에 집중해야 한다. 만일 덕을 닦으면서도 마음을 공적功績과 명예에 둔다면 틀림없이 깊은 경지에까지 이르지는 못할 것이며, 책을 읽으면서도 읊조리는 맛이나 놀이에만 감흥을 느낀다면 결코 깊은 마음에 이르지 못할 것이다.

學者(학자)는 要收拾精神(요수습정신)하여 倂歸一路(병귀일로)니라. 如修德而留意於事功名譽(여수덕이류의어사공명예)면 必無實詣(필무실예)며, 讀書而寄興於吟詠風雅(독서이기흥어음영풍아)면 定不深心(정불심심)이니라.

주 倂歸 : 집중시킴. 事功 : 사업, 공적. 實詣 : 참된 조예. 吟詠 : 시를 읊음. 風雅 : 《시경詩經》의 육의六義 중 〈풍風〉과 〈아雅〉를 가리킴. 그 뜻이 확대되어 속세를 떠난 풍류 전반을 의미하게 되었음.

해설 학문을 하는 사람은 무엇보다도 정신을 집중시켜야

한다. 만일 인격을 수양하면서 마음을 속세의 공명에 두고 있다면 뜻을 이루지 못할 것이다. 또 학문을 연구하면서 풍월에만 마음을 빼앗긴다면 깊은 진리를 깨치지 못할 것이다.

45

사람은 누구나 큰 자비심을 갖고 있으니 유마거사維摩居士와 백정白丁도 두 마음이 아니요, 곳곳마다 한 가지 참된 취미가 있으니 호화로운 집과 초가집이 다른 곳이 아니다. 다만 욕심에 덮이고 감정에 가려 눈앞에 보면서 한번 실수를 범하게 되면, 이것이 바로 지척咫尺이 천리가 되게 하는 것이다.

人人(인인)이 有個大慈悲(유개대자비)하니 維摩屠劊(유마도회)가 無二心也(무이심야)요, 處處(처처)에 有種眞趣味(유종진취미)하니 金屋茅簷(금옥모첨)이 非兩地也(비양지야)니라. 只是欲蔽情封(지시욕폐정봉)하여 當面錯過(당면착과)면 使咫尺千里矣(사지척천리의)니라.

주 大慈悲 : 한없이 큰 사랑. 維摩 : 유마거사, 석가의 제자로 불도佛道의 진수를 깨쳤다고 함. 屠劊 : 백정. 金屋 : 호화로운 큰 집. 茅簷 : 초가집.

해설 세상에는 착한 사람과 악한 사람이 있는 것이 사실이지만 그럼에도 불구하고 사람의 본성은 한결같이 착하여, 유마거사와 같은 도인道人이나 백정이나 다 같이 자비심을 갖고 있다. 또 호화로운 저택에 살거나 오두막에 살거나 인생의 참된 맛을 알고 사는 것은 오직 자기의 마음가짐에 달려 있다. 다만 욕심과 감정에 사로잡혀 있으면 눈앞이 가로막혀 진실이 보이지 않아 손이 닿는 데 있는 것도 멀리 천리나 떨어져 있는 것으로 보인다.

46

덕을 기르고 도道를 닦으려면 목석과 같은 굳은 마음을 지녀야 한다. 만일 부귀를 부러워하는 마음이 일어나면 문득 욕망의 세계로 내닫게 될 것이다. 세상을 구하고 나라를 다스릴 때에는 구름이 지나가고 물이 흘러가는 것같이 무심하고 담담한 취미를 지녀야 한다.
만일 지위를 탐내게 되면 이내 위기에 떨어지게 될 것
이다.

進德修道(진덕수도)에는 要個木石的念頭(요개목석적념두)
니 若一有欣羨(약일유흔선)이면 便趨慾境(변추욕경)이니라.
濟世經邦(제세경방)에는 要段雲水的趣味(요단운수적취미)니
若一有貪著(약일유탐착)이면 便墮危機(변타위기)니라.

주 進德修道 : 덕을 기르고 도를 닦음. 欣羨 : 탐내고 부러
워함. 慾境 : 욕망의 지경. 濟世經邦 : 세상을 구하고 나라를
다스림. 雲水 : 구름이 지나가고 물이 흐르듯이 무심하고 담
담함. 貪著 : 욕심내고 집착함.

해설 사람의 마음은 항상 단속하다가도 조금만 한눈을 팔
면 어느 사이에 욕심이 고개를 들어 풍파를 일으키기 쉽다. 그
러므로 인격을 수양하는 사람은 목석처럼 냉담한 마음을 지녀
야 한다. 또 한 나라에서 높은 지위에 있을 때에는 구름이 지
나가고 물이 흘러가는 것처럼 무심하고 담담한 마음을 지니고

있어야 한다. 그렇지 않고 권력이나 명예를 탐내면 곧 위험한
지경에 떨어지고 만다.

47

착한 사람은 행동이 안정되어 있을 뿐만 아니라 잠자
는 동안의 정신까지도 온화하다. 그러나 악한 사람은
하는 일이 거칠고 사나울 뿐만 아니라 목소리나 웃는
말까지도 모두 살기를 띤다.

吉人(길인)은 無論作用安祥(무론작용안상)이요, 則夢寐神魂
(즉몽매신혼)도 無非和氣(무비화기)니라. 凶人(흉인)은 無論行
事狼戾(무론행사랑려)요, 則聲音笑語(즉성음소어)도 渾是殺
機(혼시살기)니라.

주 吉人 : 선한 사람. 作用 : 평소의 행동. 安祥 : 평안하고
상서로움. 神魂 : 정신. 凶人 : 악한 사람. 行事 : 하는 일, 행
위. 狼戾 : 거칠고 도리에 어긋남. 笑語 : 웃으며 하는 말.

渾 : 모두. 殺機 : 살벌한 기운.

해설 마음이 곧 행동이 되어 밖으로 나타난다. 마음이 선하면 하는 행동이 부드럽고 안정되어 있으며 잠든 얼굴에도 화기和氣가 어려 있다. 이와 반대로 마음이 악하면 하는 행동이 도리에 어긋날 뿐더러 말소리나 웃음 소리까지도 살벌하게 느껴진다.

48

간이 병들면 눈이 보이지 않고 콩팥이 병들면 귀가 들리지 않는다. 병은 남들이 보지 못하는 곳에 들지만 반드시 남들이 보는 곳에 나타난다. 그러므로 군자가 밝은 곳에서 죄를 짓지 않으려면 먼저 어두운 곳에서 죄를 짓지 말아야 한다.

肝受病則目不能視(간수병즉목불능시)하고 腎受病則耳不能聽(신수병즉이불능청)하여 病受於人所不見(병수어인소불견)이나 必發於人所共見(필발어인소공견)이니라. 故(고)로 君子

(군자)는 欲無得罪於昭昭(욕무득죄어소소)어든 先無得罪於冥冥(선무득죄어명명)이니라.

주 昭昭 : 밝은 곳. 冥冥 : 어두운 곳.

해설 남몰래 저지른 죄악도 언젠가는 탄로가 나게 마련이다. 간에 든 병도 눈에 나타나고 콩팥에 든 병도 귀에 나타나 사람들의 눈에 띄게 마련이다. 그러므로 사람은 남이 보는 데서뿐만 아니라 남이 보지 않는 데서도 악한 행동을 해서는 안 된다.

49

일이 적은 것보다 더 큰 복은 없고, 마음을 많이 쓰는 것보다 더 큰 화禍는 없다. 일에 시달린 사람이라야 일이 적은 것이 복임을 알게 되고, 마음이 편한 사람이라야 마음을 많이 쓰는 것이 화임을 알게 된다.

福莫福於少事(복막복어소사)하고 禍莫禍於多心(화막화어다

심)하나니 唯苦事者(유고사자)라야 方知少事之爲福(방지소사지위복)하고 唯平心者(유평심자)라야 始知多心之爲禍(시지다심지위화)니라.

주 少事 : 일이 적음. 多心 : 마음을 여러 곳에 씀. 苦事者 : 일에 시달린 사람. 平心 : 마음이 평안함.

해설 번거로운 일이 적은 것보다 더 큰 행복이 없고, 욕심이 많은 것보다 더 큰 불행은 없다. 여러 가지 일로 고생을 하고 나서야 귀찮은 일이 적은 것이 행복임을 깨닫게 되고, 마음을 평안하게 갖게 되어야 비로소 욕심 많은 것이 불행임을 깨닫게 된다.

50

태평한 세상에 살 때에는 마땅히 방정해야 하고, 어지러운 세상에 살 때에는 마땅히 원만해야 하며, 평범한 세상에 살 때에는 마땅히 방정하고도 원만해야 한다. 또한 선한 사람을 대할 때에는 마땅히 너그러워야 하고, 악한 사람을 대할 때에는 마땅히 엄격해야 하며, 보통 사람을 대할 때에는 마땅히 너그럽고도 엄격해야 한다.

處治世(처치세)에는 宜方(의방)하고 處亂世(처난세)에는 宜圓(의원)하며 處叔季之世(처숙계지세)에는 當方圓竝用(당방원병용)이니라. 待善人(대선인)에는 宜寬(의관)하고 待惡人(대악인)에는 宜嚴(의엄)하며 待庸衆之人(대용중지인)에는 當寬嚴互存(당관엄호존)이니라.

주 治世 : 태평한 세상. 方 : 행동이 방정함. 圓 : 행동이 원만함. 叔季之世 : 평범한 세상, 태평 세월도 난세도 아닌 세상. 庸衆之人 : 보통 사람. 互存 : 어울러 지님.

해설 나라가 잘 다스려져서 세상이 태평할 때에는 법도에 따라 행동을 방정하게 하는 것이 좋지만, 어지러운 세상에서는 옳고 그른 것이 제대로 인정되지 않으므로 모든 일을 원만하게 처신하여 모가 나지 말아야 한다. 그러나 태평하지도 않고 어지럽지도 않은 어지간한 세상에서는 방정함과 원만함을 아울러 그때그때 적절히 처신해야 한다. 그리고 사람을 대할 때엔 선량한 사람에게는 너그럽게, 악한 사람에게는 엄하게 대하는 것이 원칙이지만, 선하지도 않고 악하지도 않은 보통 사람에게는 때로는 너그럽게, 때로는 엄하게 그때그때 적절히 대해야 한다.

51

내가 남에게 베푼 공功은 마음에 새겨두지 말고 남에게 잘못한 것은 마음에 새겨두라. 남이 나에게 베푼 은혜는 잊지 말고 남에게 원망이 있으면 잊어버리라.

我有功於人(아유공어인)은 不可念(불가념)이나 而過則不可不念(이과즉불가불념)이요, 人有恩於我(인유은어아)는 不可忘(불가망)이나 而怨則不可不忘(이원즉불가불망)이니라.

주 不可不念 : 기억해둬야 함.
해설 내가 남에게 잘해준 일을 마음에 새겨두고 자랑하거나 어떤 보답을 기대해서는 안 된다. 남을 위해 선한 일을 했을 때 어떤 대가를 바란다면 순수성이 없어지기 때문이다. 이와 반대로 내가 남에게 잘못을 저질렀거나 손해를 끼쳤을 때에는 잊지 말고 보상하도록 노력해야 한다. 그리고 남이 나에게 잘해준 일은 잊지 말고 고맙게 여기며 보답하도록 해야 하며, 반대로 남에게 원한이 있을 때에는 곧 잊어버리고 마음에 새겨두지 않는 편이 낫다.

52

은혜를 베푸는 사람이 안으로 자기를 헤아리지 않고 밖으로 상대방을 헤아리지 않는다면, 그때 베푼 한 말의 곡식은 만 섬의 은혜와 같다. 그러나 남에게 이롭게 해주는 사람이 자기의 은혜를 계산하고 그 사람이 갚을 것을 따진다면, 비록 천 냥의 돈일지라도 한 푼의 공功도 되기 어렵다.

施恩者(시은자)가 內不見己(내불견기)하고 外不見人(외불견

인)이면 卽斗粟(즉두속)도 可當萬鍾之惠(가당만종지혜)어니
와 利物者(이물자)가 計己之施(계기지시)하고 責人之報(책인
지보)면 雖百鎰(수백일)이라도 難成一文之功(난성일문지공)
이니라.

　주　內不見己 : 안으로 자기 마음에 은혜를 베푼다는 생각을
갖지 않음. 外不見人 : 밖으로 그 상대편이 자기의 은혜를 받
고 있다는 생각을 하지 않음. 利物者 : 남에게 혜택을 주는 사
람. 計己之施 : 자기가 남에게 베푼 것을 계산함. 責人之報 :
그 사람이 갚을 것을 따짐. 百鎰 : 많은 돈. 鎰은 24냥.

　해설　앞의 잠언과 비슷하다. 남에게 은혜를 끼쳐주는 사람
이 마음속으로 남을 돕는다는 생각을 하지 않고 상대방이 이
를 갚아주거나 고맙게 여겨줄 것을 바라지 않는다면 순수한
봉사가 되므로, 비록 한 말 곡식을 남에게 주었다고 해도 그
가치는 만 섬의 곡식을 준 거나 마찬가지일 것이다. 그러나 자
기가 베푸는 은혜를 따져서 그 사람이 갚아주기를 바란다면,
비록 수만금을 준다고 하더라도 그 가치는 한 푼어치도 되지
않을 것이다.

사람들의 형편을 보면 가진 이도 있고 갖지 못한 이도 있는데, 어찌 나만 홀로 다 가지려고 할 수 있겠는가? 또 자기의 심정을 보더라도 도리에 맞는 것도 있고 맞지 않는 것도 있는데, 어찌 사람이 다 도리에 맞기를 바랄 수 있겠는가? 이와 같이 남과 나를 견주어서 다스려 나간다면, 이것도 세상을 살아가는 편리한 한 방법이 될 것이다.

人之際遇(인지제우)는 有齊有不齊(유제유부제)어늘 而能使己獨齊乎(이능사기독제호)아. 己之情理(기지정리)는 有順有不順(유순유불순)이어늘 而能使人皆順乎(이능사인개순호)아. 以此相觀對治(이차상관대치)하면 亦是一方便法門(역시일방편법문)이니라.

주 際遇 : 경우. 齊 : 갖춤. 복을 갖춤. 情理 : 마음, 정신 상태. 順 : 도리에 맞음. 相觀 : 나와 남을 살펴봄. 對治 : 균형을 잡아 다스려 나감. 方便法門: 세상을 살아가는 편리한 방법. 불교의 진실법문眞實法門에 상반되는 말.

해설 재물 · 지위 · 명예 · 권세 · 건강 · 장수 · 자손 등 사람들이 바라는 것은 많지만, 이 모든 조건을 다 갖춘 사람은 거의 없다. 그런데 어찌하여 나 혼자만 그 모든 조건을 다 갖추려고 하는가? 또 내 마음을 돌아보면 도리에 맞는 것도 있고 맞지 않는 것도 있다. 그런데 어찌 세상 사람들이 하는 일이 다 도리에 맞기를 바랄 수 있겠는가? 그러므로 남의 처지와 나의 마음을 잘 관찰하여 무리한 요구를 하지 않는 것이 세상을 살아가는 좋은 방법이라고 하겠다.

54

마음을 깨끗이 한 다음에 비로소 책을 읽고 옛것을 배워야 한다. 만일 그렇지 않으면 한 가지 착한 행실을 보아도 이것을 훔쳐 자기 욕심을 채우는 데 이용할 것이고, 한 마디 좋은 말을 들어도 이것을 빌려 자기의 잘못을 덮는 데 이용하게 될 것이다. 이것은 바로 원수

에게 무기를 빌려주고 도둑에게 양식을 대어주는 것과
같다.

心地乾淨(심지건정)이라야 方可讀書學古(방가독서학고)니
라. 不然(불연)이면 見一善行(견일선행)에 竊以濟私(절이제사)
하고 聞一善言(문일선언)에 假以覆短(가이부단)하리니 是又
藉寇兵而齎盗粮(시우자구병이제도량)이니라.

주 心地 : 마음의 본바탕. 乾淨 : 깨끗함. 濟私 : 자기 욕심
을 채움. 覆短 : 단점을 덮음. 藉寇兵 : 도둑에게 무기를 빌려
줌. 齎 : 대어줌. 粮 : 양식. 糧과 같음.

해설 사람은 학문을 배우기에 앞서 마음부터 바로 지녀야
한다. 마음이 깨끗할 때 책을 읽고 지혜를 넓히면 인격을 기르
는 데 도움이 된다. 하지만 마음에 때가 묻었을 때 책을 읽고
지혜를 넓힌다면 그 지혜를 나쁘게 이용하여 죄를 저지를 것
이니, 이것은 마치 강도에게 무기를 빌려주고 도둑에게 식량
을 대어주는 결과가 될 것이다.

사치하는 사람은 아무리 부유해도 늘 모자라니, 검소한 사람이 가난하면서도 여유 있는 것과 어찌 같을 수 있겠는가? 능란한 사람은 애써 일하고서도 원망을 사니, 서툰 사람이 편안한 가운데 천성天性을 지키는 것과 어찌 같을 수 있겠는가?

奢者(사자)는 富而不足(부이부족)이니 何如儉者(하여검자)의 貧而有餘(빈이유여)리요, 能者(능자)는 勞而府怨(노이부원)이니 何如拙者(하여졸자)의 逸而全眞(일이전진)이리요.

주 府怨 : 원망을 모아들임. 能者 : 일에 능숙한 사람. 拙者 : 일에 서툰 사람. 全眞 : 본성을 보전함.

해설 사치를 좋아하는 사람은 돈이 아무리 많아도 항상 모자라 쩔쩔매고, 절약하여 검소한 생활을 하는 사람은 언제나 여유 있게 살아가니, 어느 쪽이 더 낫겠는가? 또 일에 유능한 사람은 잘난 체하여 남의 원망을 사게 마련이지만 일에 서툰 사람은 편안하게 살며 자기의 본성을 지켜 나가니, 어느 쪽이 더 낫겠는가?

56

책을 읽으면서 성인聖人이나 현자賢者를 보지 못한다면 그는 글씨를 베끼는 필생筆生에 지나지 않으며, 벼슬자리에 있으면서도 백성을 사랑하지 않는다면 그는 관복官服을 입은 도둑에 지나지 않는다. 학문을 가르치면서도 실천이 따르지 않는다면 구두선口頭禪일 뿐이며, 사업을 일으키고도 덕을 심으려고 하지 않는다면 눈앞에 피고 지는 한때의 꽃이 되고 말 것이다.

讀書(독서)에 不見聖賢(불견성현)이면 爲鉛槧傭(위연참용)이요, 居官(거관)에 不愛子民(불애자민)이면 爲衣冠盜(위의관도)요, 講學(강학)에 不尙躬行(불상궁행)이면 爲口頭禪(위구두선)이요, 立業(입업)에 不思種德(불사종덕)이면 爲眼前花(위안전화)니라.

주 鉛槧傭 : 옛날 필기 도구가 없었을 때에는 납으로 나뭇 조각에 글을 썼음. 鉛槧은 종이·붓 등의 필기 도구이고, 傭 은 傭人. 곧 연참용은 글을 베끼는 고용인을 뜻함. 衣冠盜 : 의관을 갖춘 도둑. 口頭禪 : 말로만 참선함.

해설 옛글을 읽으면서 글귀의 풀이에 그치고 성자와 현자 의 마음을 배우지 못하면 그것은 수박 겉핥기와 같아서 남의 글을 베끼는 필생과 다를 것이 없고, 높은 벼슬자리에 있으면 서 자기가 다스리는 백성을 사랑하며 정치를 바르게 하지 않 는다면 관복을 입고 도둑질을 하는 것과 마찬가지다. 또 제자 들에게 깊은 진리를 가르치면서 자기가 본을 보이지 않으면 입으로만 염불하는 데 불과하고, 큰 사업을 하면서 남에게 은 혜를 베풀 줄 모르고 자기 배만 채우려고 하면, 그 사업은 잠 깐 피었다 지는 허망한 꽃과 같은 운명에 놓이게 될 것이다.

57

사람의 마음속엔 저마다 하나의 참된 문장文章이 있 건만 옛사람들이 남겨놓은 몇 마디 기록 때문에 모두 묻혀 있고, 또 한 곡조의 참된 음악이 있건만 요염한 노래와 춤 때문에 모두 막혀 있다. 그러므로 배우는 사람은 마땅히 외부의 사물을 쓸어버리고 본래의 마음을 찾아야만 비로소 참된 보람을 얻게 될 것이다.

人心(인심)에 有一部眞文章(유일부진문장)이로되 都被殘編斷簡封錮了(도피잔편단간봉고료)하며 有一部眞鼓吹(유일부진고취)로되 都被妖歌艶舞湮沒了(도피요가염무인몰료)하나니 學者(학자)는 須掃除外物(수소제외물)하고 直覓本來(직멱본래)라야 纔有個眞受用(재유개진수용)이니라.

주 殘編斷簡 : 단편적으로 일부 남은 옛 기록. 編·簡은 책을 의미함. 封錮 : 봉쇄되어 갇힘. 鼓吹 : 음악. 妖歌艶舞 : 요염한 노래와 춤. 湮沒 : 파묻힘. 外物 : 외부의 사물. 옛 기록과 가무를 가리킴. 覓本來 : 본래의 참된 마음을 찾음. 眞受用 : 참된 보람.

해설 모든 사람의 마음속에는 반드시 참된 문장, 즉 타고난 이성理性(분별력)이 있다. 그런데 대개의 경우에 그 이성은 낡은 지식에 뒤덮여 그 진가眞價를 나타내지 못하고 있다. 모든 사람의 마음속에는 또한 참된 음악, 즉 나면서부터 지닌 감성感性이 있다. 그런데 그 감성도 대개는 괴상한 예술에 의해 흐려져 빛을 내지 못하고 있다. 도道를 닦으려는 사람은 마땅히 마음속에서 잡것, 즉 낡은 지식과 요염한 노래와 춤을 쓸어버리고, 묻혀 있던 자신의 이성과 감성을 갈고 닦아 활용해야 한다.

58

괴로워하는 가운데서 항상 마음을 기쁘게 하는 취미를 얻게 되고, 일이 뜻대로 되고 있을 때 문득 일이 실패했을 때의 슬픔이 싹트게 된다.

苦心中(고심중)에 常得悅心之趣(상득열심지취)하고 得意時(득의시)에 便生失意之悲(변생실의지비)니라.

주 苦心 : 일이 뜻대로 되지 않아 마음이 괴로움.

해설 괴로움 속에서도 기쁨을 느낄 수 있고 성공하여 신이
날 때에도 슬픔을 맛볼 수 있는 것이 인생이다. 행복과 슬픔은
모두 마음먹기에 달려 있기 때문이다. 그러므로 어려움 속에
서도 희망과 용기를 잃지 말아야 하고, 성공했을 때에도 뜻하
지 않은 실패에 대비하는 마음의 준비가 있어야 한다.

59

부귀와 명예가 도덕으로부터 온 것이면 마치 숲 속의
꽃과 같이 스스로 무럭무럭 잘 자라고, 공적功績으로부
터 온 것이면 마치 화분 속에서 자란 꽃과 같이 이리저
리 옮겨지기도 하고 흥망興亡이 있게 된다. 그런데 만일
그것이 권력으로부터 얻어진 것이라면 마치 꽃병 속의
꽃과 같아서 뿌리가 없으므로, 그 시들어가는 모습을
선 자리에서 기다려 지켜볼 수 있을 것이다.

富貴名譽(부귀명예)의 自道德來者(자도덕래자)는 如山林中
花(여산림중화)하여 自是舒徐繁衍(자시서서번연)하고 自功業

來者(자공업래자)는 如盆檻中花(여분함중화)하여 便有遷徙廢
興(변유천사폐흥)이니라. 若以權力得者(약이권력득자)는 如
甁鉢中花(여병발중화)하여 其根不植(기근불식)이니 其萎(기
위)를 其萎可立而待矣(가립이대의)리라.

주 舒徐 : 잘 자람. 繁衍 : 번성함. 盆檻 : 화분과 화단. 遷
徙 : 이리저리 옮김. 甁鉢 : 화병. 立而待 : 선 자리에서 기다
림. 몹시 빠름을 뜻함.

해설 부귀와 명예는 누구나 바라는 것이지만 그것을 얻는
방법에 따라 그 수명도 각각 다르다. 훌륭한 인격 때문에 그것
을 얻게 되었을 경우에는 마치 산과 들의 숲 속에서 절로 자라
는 꽃과 같아서 잘 번성할 것이며, 공적에 의해 얻은 것이라면
화분에 심은 꽃과 같아서 주인의 기분에 따라 옮겨지기도 하
고 버려지기도 한다. 그리고 권력에 의해 얻은 것이라면 꽃병
에 꽂혀진 꽃과 같아서 뿌리가 없다. 금세 시들어버린다.

60

봄이 되어 날씨가 화창해지면 꽃도 한층 아름다워지고 새도 고운 노래를 부른다. 선비로서 다행히 세상에 두각을 나타내어 따뜻이 입고 배불리 먹으면서도 훌륭한 말을 하고 좋은 행실을 행할 생각을 하지 않는다면, 백 년을 산다 해도 하루도 살지 못한 것과 마찬가지다.

春至時和(춘지시화)하면 花尙鋪一段好色(화상포일단호색)하고 鳥且囀幾句好音(조차전기구호음)하나니 士君子(사군자)가 幸列頭角(행렬두각)하고 復遇溫飽(부우온포)하되 不思立好言行好事(불사립호언행호사)면 雖是在世百年(수시재세백년)이라도 恰似未生一日(흡사미생일일)이니라.

주 士君子 : 덕을 닦은 선비. 列頭角 : 두각을 나타내어 반열에 섬, 출세함. 遇溫飽 : 따뜻이 입고 배불리 먹음. 立好言 : 훌륭한 말을 하여 남을 가르침.

해설 봄이 되면 무심한 꽃도 아름답게 피어나고 새들도 즐겹게 지저귄다. 하물며 선비가 출세하여 부귀와 영화를 누리면서도 말로 사람들을 바른 길로 이끌고, 행실로 남의 본이 될 생각을 하지 않는다면 어찌 올바른 삶을 살아간다고 할 수 있겠는가.

61

학문을 하는 사람은 조심스럽게 행동하고 삼가는 마음을 가지는 한편 시원스러운 멋도 지녀야 한다. 만일 외곬으로 졸라매어 지나치게 결백하기만 하다면, 쌀쌀한 가을의 살벌한 기운만 있고 따스한 봄의 생기가 없을 터이니 무엇으로 만물을 자라게 할 수 있겠는가?

學者(학자)는 要有段兢業的心思(요유단긍업적심사)하되 又要有段瀟灑的趣味(우요유단소쇄적취미)니라. 若一味斂束清苦(약일미렴속청고)면 是(시)는 有秋殺無春生(유추살무춘생)이니 何以發育萬物(하이발육만물)이리요.

주 兢業 : 일을 조심스럽게 처리함. 瀟灑 : 작은 일에 구애되지 않고 활달함. 一味 : 한결같이. 斂束 : 거두어 단속함. 淸苦 : 지나친 청렴 결백. 秋殺 : 만물을 시들게 하는 가을의 살기. 春生 : 만물을 자라게 하는 봄기운.

해설 도를 배우려면 한편으로 신중해야 하지만 다른 한편으로는 서글서글하고 담백한 기풍을 지녀야 한다. 언제나 긴장하고 청렴 결백하기만 하면 늦가을의 찬 서리만 있고 온화한 봄기운은 없는 것과 같으니, 어떻게 원만한 사회 생활을 할 수 있겠는가?

62

참된 청렴에는 청렴이라는 이름조차 없다. 그러므로 청렴하다는 이름을 얻고자 함은 바로 탐욕스럽기 때문이다. 큰 재주에는 교묘한 술책이 없다. 그러므로 교묘한 술책을 부리려는 것은 바로 재주가 졸렬하기 때문이다.

眞廉(진렴)은 無廉名(무렴명)이니 立名者(입명자)는 正所以
爲貪(정소이위탐)이요, 大巧(대교)는 無巧術(무교술)이니 用術
者(용술자)는 乃所以爲拙(내소이위졸)이니라.

주 立名 : 이름을 탐냄. 大巧 : 뛰어나게 교묘한 재주.

해설 참으로 청렴 결백한 사람에게는 청렴 결백하다는 명
성조차 없다. 그러므로 남들로부터 청렴 결백하다는 명성을
얻으려고 하는 것은 바로 그가 탐욕스럽기 때문이다. 이와 마
찬가지로 재주가 참으로 뛰어난 사람은 잔재주를 부리지 않는
다. 그러므로 잔재주를 부리는 사람은 그 재주가 서툴기 때문
이다.

63

물그릇은 가득 차면 엎어지고 저금통은 비어야 온전
하다. 그러므로 군자는 차라리 무無에 살지언정 유有에
살지 않고, 모자라는 데 처할지언정 가득한 데 처하지
않는다.

敧器(기기)는 以滿覆(이만복)하고 撲滿(박만)은 以空全(이공전)이니라. 故(고)로 君子(군자)는 寧居無(영거무)언정 不居有(불거유)하며 寧處缺(영처결)이언정 不處完(불처완)하니라.

주 敧器 : 비면 기울고 물이 반쯤 차면 바로 서고 가득 차면 엎어지는 그릇으로, 옛날 현명한 군주가 옆에 두고 경계로 삼았다고 함. 撲滿 : 돈을 저축하는 토기로 만든 저금통. 넣는 입은 좁고 나오는 구멍은 없어 가득 차면 깨뜨려 돈을 꺼내기 때문에, 저금통 자체는 비었을 때가 오히려 온전함.

해설 물을 가득 채우면 엎어지는 그릇(敧器)이나 돈이 가득 차면 깨버려야 하는 저금통(撲滿)에서 교훈을 얻어, 욕심을 내어 유有와 가득한 상태에 있기보다 차라리 욕심을 없애고 무無와 부족한 상태에 있고자 해야 한다.

64

명예심을 완전히 뿌리뽑지 못한 사람은 설사 제후의 부귀를 가벼이 알고 한 표주박의 음식을 달가워할지라

도 사실은 세속의 욕망에 떨어진 것이요, 객기를 아직
없애지 못한 사람은 비록 천하에 은덕을 베풀고 만세
에 이익을 끼칠지라도 결국 쓸모없는 재주에 그칠 뿐
이다.

名根未拔者(명근미발자)는 縱輕千乘甘一瓢(종경천승감일표)
라도 總墮塵情(총타진정)하고, 客氣未融者(객기미융자)는 雖
澤四海利萬世(수택사해리만세)라도 終爲剩技(종위잉기)니라.

주 名根 : 명예를 구하는 욕심의 뿌리. 千乘 : 병차兵車 천
대라는 뜻으로, 제후諸侯의 나라를 가리킴. 주周나라 제도에
의하면 천자天子는 만 승萬乘, 제후는 천 승千乘, 대부大夫는 백
승百乘을 거느렸다 함. 一瓢 : 한 표주박의 마실 것. 塵情 : 속
세의 욕심. 客氣 : 객쩍은 용기. 剩技 : 쓸데없는 재주.

해설 표주박의 물을 마시는 가난한 생활에 만족하고 제후의
부귀를 하찮게 여길지라도, 명예욕이 남아 있다면 아직 속물
근성에 젖어 있는 것이다. 또 온 인류에게 길이 혜택을 줄 만큼
큰 업적을 이룩했다 하더라도 객기가 아직 남아 있다면 이는

단지 야심을 위해 부질없는 재주를 부리는 것에 불과하다.

65

마음 바탕이 밝으면 어두운 방 안에도 푸른 하늘이 있고, 마음속이 어두우면 햇빛 아래에서도 도깨비가 나타난다.

心體光明(심체광명)하면 暗室中(암실중)에도 有靑天(유청천)이요, 念頭暗昧(염두암매)하면 白日下(백일하)라도 生厲鬼(생려귀)니라.

주 心體 : 마음의 바탕. 念頭 : 마음속. 厲鬼 : 악마.

해설 마음이 밝아 한 점 티끌도 없다면 캄캄한 방에 혼자 있을지라도 마치 푸른 하늘 아래 있는 것처럼 마음이 떳떳하다. 그러나 마음이 어두우면 비록 밝은 대낮에 태양을 머리 위에 이고 있을지라도 요사한 도깨비들이 나타나 마음을 어지럽혀 죄악에 빠지게 될 것이다.

66

사람들은 명예와 지위가 즐거운 것인 줄만 알고, 이름 없고 지위가 없는 것이 진정한 즐거움인 것은 깨닫지 못한다. 또 사람들은 춥고 배고픈 것만 근심인 줄 알고, 주리지 않고 춥지 않은 것이 더 심한 근심거리인 것은 알지 못한다.

人知名位爲樂(인지명위위락)하고 不知無名無位之樂爲最眞(부지무명무위지락위최진)하며 人知饑寒爲憂(인지기한위우)하고 不知不饑不寒之憂爲更甚(부지불기불한지우위갱심)하니라.

주 最眞 : 가장 참된 즐거움. 更甚 : 더욱 심해짐.

해설 세상 사람들은 출세하여 명예와 지위를 얻어 사는 것만이 즐거운 일인 줄 알고, 명예나 지위도 없이 홀가분한 마음으로 사는 무명 인사無名人士의 지극한 즐거움은 알지 못한다. 또 가난한 생활을 걱정할 줄만 알지, 잘 먹고 잘 사는 사람들의 재산을 지키기 위한 걱정이 얼마나 심한 것인지는 알지 못한다.

67

악을 행하고 나서 남들이 알까 두려워하는 것은 악한 중에도 선한 마음이 남아 있기 때문이며, 선을 행하고 남들이 알아주기를 바라는 것은 선한 가운데 악의 뿌리가 남아 있기 때문이다.

爲惡而畏人知(위악이외인지)는 惡中(악중)에 猶有善路(유유선로)요, 爲善而急人知(위선이급인지)는 善處卽是惡根(선처즉시악근)이니라.

주 善路 : 선을 행하는 길, 또는 마음. 善處 : 선행이 있는 곳.
해설 악을 행하고 남들이 알까 두려워하는 것은 그래도 한 가닥 양심이 남아 있기 때문이다. 이와 반대로 조그마한 선한 일을 하고도 그것이 빨리 남들에게 알려지기를 바란다면 거기에는 아직 악의 뿌리가 남아 있는 것이다. 선이란 남이 알아주기를 바라는 명예욕에서 생기지 않기 때문이다.

68

하늘의 조화는 헤아릴 길이 없어 눌렀다가는 펴고 폈다가는 다시 누르니, 이것은 모두 영웅을 희롱하고 호걸을 거꾸러뜨리는 짓이다. 그러나 군자는 운수가 사나워도 이것을 순순히 받아들이고 편안한 때에도 위태로움을 생각하기에, 하늘도 또한 그 재주를 부릴 수가 없다.

天之機緘(천지기함)은 不測(불측)하여 抑而伸(억이신)하고 伸而抑(신이억)하나니 皆是播弄英雄(개시파롱영웅)하고 顚倒豪傑處(전도호걸처)니라. 君子(군자)는 只是逆來順受(지시역래순수)하고 居安思危(거안사위)하여 天亦無所用其伎倆矣(천역무소용기기량의)니라.

주 機緘 : 알 수 없는 기밀. 播弄 : 희롱함. 逆來順受 : 천명天命이 거꾸로 와도 이것을 순리順理로 받아들임. 居安思危 : 편안할 때에도 위태함에 대비하여 조심함. 伎倆 : 재주.

해설 운명의 장난은 실로 미묘하여 인간의 지혜로는 헤아릴 길이 없다. 처음에는 눌러 갖은 고생을 시키다가 나중에는 영화를 누리게 하고, 이와 반대로 처음에는 부귀를 주었다가 나중에는 비참하게 만들기도 한다. 시저나 나폴레옹이나 히틀러와 같은 영웅호걸이 모두 그렇게 운명의 장난에 희롱당하여 거꾸러졌다. 그러나 군자는 이런 운명의 장난에 희롱당하지 않는다. 그는 폭풍이 불어닥쳐도 이것을 순순히 받아들일 줄 알고 무사태평한 때에도 미리 조심하여 불운不運을 막기 때문에, 운명이 아무리 그를 불행에 빠뜨리려고 해도 어떻게 할 수가 없는 것이다.

69

성미가 조급한 자는 타오르는 불길과 같아서 만나는 것마다 태워버리고, 은덕이 적은 자는 싸늘한 얼음과

같아서 만나는 것마다 죽여버리며, 꽉 막혀 고집스러
운 사람은 고인 물이나 썩은 나무와 같아서 생생한 기
운이 이미 끊겨 있다. 그러므로 이런 사람들은 모두 공
적을 세우고 복을 누리기가 어렵다.

燥性者(조성자)는 火熾(화치)하여 遇物則焚(우물즉분)하고
寡恩者(과은자)는 氷淸(빙청)하여 逢物必殺(봉물필살)하며
凝滯固執者(응체고집자)는 如死水腐木(여사수부목)하여 生機
已絶(생기이절)하니 俱難建功業而延福祉(구난건공업이연복
지)니라.

주 火熾 : 불길처럼 타오름. 寡恩者 : 은혜를 베푸는 것에
인색한 사람. 氷淸 : 얼음처럼 차가움. 凝滯 : 한 곳에만 머물
러 있음. 死水 : 죽은 물, 고인 물. 生機 : 생기, 생생한 활동력.

해설 성급하고 과격한 사람은 무엇이나 닥치는 대로 불태
워버리고, 인색하고 자기만 위하는 사람은 찬 얼음과 같아서
무엇이나 닥치는 대로 얼어죽게 만들며, 고집스럽고 융통성
이 없는 사람은 고인 물이나 썩은 나무와 같아서 생명력이 없

다. 이 세 가지 결점을 그대로 두고서는 뜻있는 일을 하여 보람 있게 살 수 없다.

70

복은 마음대로 받을 수 없는 것이니 즐거운 마음을 길러 행복을 불러들이는 근본으로 삼아야 하고, 재앙은 마음대로 피하지 못하는 법이니 남을 해치려는 마음을 버려 재앙을 멀리하는 방법으로 삼아야 한다.

福不可徼(복불가요)니 養喜神(양희신)하여 以爲召福之本而已(이위소복지본이이)요, 禍不可避(화불가피)니 去殺機(거살기)하여 以爲遠禍之方而已(이위원화지방이이)니라.

주 喜神 : 기쁜 정신, 즐거운 마음. 殺機 : 남을 해치려는 마음.

해설 사람은 누구나 행복을 좋아하고 재앙을 싫어한다. 그러나 애써 구한다고 해서 반드시 행복이 찾아오는 것이 아니며, 애써 피한다고 해서 재앙이 멀어지는 것도 아니다. 그러나 대체로 즐거운 마음을 기르면 행복이 찾아오고, 남을 해치려는 악한 마음을 버리면 재앙이 멀어지게 마련이다. 이것이 재앙을 멀리하고 행복을 불러들이는 길이다.

71

열 마디 말 가운데 아홉 마디가 맞아도 신기하다고 칭찬하지 않으면서, 한 마디 말이 맞지 않으면 원망의 소리가 사방에서 들려온다. 열 가지 계획 가운데 아홉 가지가 성취되어도 공로를 그에게 돌리지 않으면서 한 가지 계획이 실패하면 헐뜯는 소리가 사방에서 들려온다. 군자가 차라리 입을 다물지언정 떠들지 않고, 서툰 체할지언정 재주 있는 체하지 않는 까닭은 여기에 있다.

十語九中(십어구중)이라도 未必稱奇(미필칭기)나 一語不中(일어부중)이면 則愆尤駢集(즉건우변집)하고 十謀九成(십모

구성)이라도 未必歸功(미필귀공)이나 一謀不成(일모불성)이면 則訾議叢興(즉자의총흥)하나니 君子(군자)는 所以寧默毋躁(소이녕묵무조)요, 寧拙毋巧(영졸무교)니라.

주 稱奇 : 신기하다고 칭찬함. 愆尤 : 허물하고 탓함. 騈集 : 사방에서 모임. 歸功 : 공을 그 사람에게 돌림. 訾議 : 헐뜯음. 叢興 : 사방에서 일어남. 毋躁 : 떠들지 않음.

해설 잘한 일은 칭찬하지 않고 못한 일을 두고는 기를 쓰고 비난하는 것이 세상 인심이다. 열 마디 말을 하여 그중에서 아홉 마디가 이치에 맞거나 말한 대로 되었다 할지라도 놀랍고 신기하다고 칭찬해주지 않으면서, 그중에서 한 마디만 빗나가도 그것을 탓하는 소리는 요란하다. 또 열 가지 계획 중 아홉 가지 계획이 성공해도 그 공로를 인정하지 않으면서, 그중 한 가지만 실패해도 비난이 대단하다. 그래서 군자는 차라리 입을 다물고 어리석은 체하는 것이다.

천지의 기운이 따뜻하면 만물을 자라게 하고 추우면
만물을 죽게 한다. 그러므로 성질과 기질이 차가운 사
람은 복을 후하게 받지 못한다. 오직 기질이 온화하고
마음이 따뜻한 사람이라야 복을 후하게 받고 혜택도
오래가는 법이다.

天地之氣(천지지기)는 暖則生(난즉생)하고 寒則殺(한즉살)
하니 故(고)로 性氣淸冷者(성기청랭자)는 受享亦凉薄(수향역
량박)하나니 唯和氣熱心之人(유화기열심지인)은 其福亦厚(기
복역후)하고 其 亦長(기택역장)하니라.

주 淸冷 : 차고 쌀쌀함. 受享 : 복을 받아 누림. 凉薄 : 말쑥
하고 박함.

해설 따뜻한 봄철의 기후는 만물을 자라게 하지만, 추운 겨
울 날씨는 만물을 얼어죽게 한다. 사람도 이 자연의 이치에서
벗어나지 못한다. 쌀쌀한 기질을 지닌 사람은 복이 없으며,

성질이 온화한 사람이라야 복을 많이 받고 그 혜택도 오래 지속된다.

73

하늘의 도리에 이르는 길은 매우 넓어, 조금이라도 여기에 뜻을 두면 가슴속이 넓어지고 또한 명랑해지는 것을 깨닫게 된다. 사람의 욕심에 따르는 길은 매우 좁아서, 여기에 조금만 발을 들여놓아도 눈앞이 모두 가시덤불과 진흙탕으로 되어버린다.

天理路上(천리로상)은 甚寬(심관)하여 稍游心(초유심)이라도 胸中(흉중)이 便覺廣大宏朗(변각광대굉랑)하고, 人欲路上(인욕로상)은 甚窄(심착)하여 纔寄迹(재기적)이라도 眼前(안전)이 俱是荊棘泥塗(구시형극니도)니라.

주 天理 : 천지 자연의 도리. 游心 : 뜻을 둠. 宏朗 : 넓고 명랑함. 寄迹 : 발을 들여놓음. 荊棘 : 가시덤불. 泥塗 : 진흙탕.

해설 천지 자연의 도리를 따르는 길은 한없이 넓어, 뜻을 조금만 여기에 두어도 가슴이 탁 트이고 명랑해져서 세상을 즐겁게 살 수 있다. 그러나 인간으로서의 욕심을 따르는 길은 좁고 험하여, 여기에 한 발짝만 들여놓아도 멸망의 구렁텅이에 빠지게 된다.

74

괴로움과 즐거움을 모두 연마하고 얻은 행복이라야 그 복이 오래간다. 의심과 믿음을 모두 참작한 끝에 얻은 지식이라야 그 지식이 참된 지식이다.

一苦一樂(일고일락)을 相磨練(상마련)하여 練極而成福者(연극이성복자)라야 其福始久(기복시구)하고 一疑一信(일의일신)을 相參勘(상참감)하여 勘極而成知者(감극이성지자)라야 其知始眞(기지시진)이니라.

주 磨練 : 연마, 갈고 닦음. 參勘 : 참작하여 깊이 생각함.

해설 괴로움 뒤에 얻은 즐거움이 아니면 오래가지 못한다. 괴로움과 즐거움을 모두 맛보아 그 속에서 몸과 마음을 단련한 후에 얻은 행복이라야 오래 누릴 수 있다. 또 의문을 품어보지 않고 맹목적으로 믿는 것은 참된 지식이 아니다. 의문과 믿음을 서로 비교 대조하고 충분히 생각하여 얻은 지식이라야 참된 지식이다.

75

마음은 언제나 비워두지 않으면 안 된다. 비어 있으면 정의와 진리가 와서 산다. 마음은 언제나 채워두지 않으면 안 된다. 꽉 차 있으면 욕심이 들어오지 못한다.

心不可不虛(심불가불허)니 虛則義理來居(허즉의리래거)하고 心不可不實(심불가불실)이니 實則物欲不入(실즉물욕불입)이니라.

주 義理 : 정의와 진리.

해설 사람의 마음에 잡념이 없으면 마음속에서 정의와 진리가 자라게 된다. 또 사람의 마음이 정의와 진리로 가득 차 있으면 욕심이 비집고 들어오지 못한다.

76

더러운 땅에서는 초목이 많이 자라고 맑은 물에는 고기가 없다. 그러므로 군자는 때묻고 더러운 것도 용납하는 아량이 있어야 하며, 깨끗한 것을 좋아하여 혼자만 행하려는 마음만 지녀서는 안 된다.

地之穢者(지지예자)는 多生物(다생물)하고 水之淸者(수지청자)는 常無魚(상무어)니라. 故(고)로 君子(군자)는 當存含垢納汚之量(당존함구납오지량)하고 不可持好潔獨行之操(불가지호결독행지조)니라.

주 穢 : 더러움. 含垢 : 때묻은 것을 받아들임. 納汚 : 더러운 것을 받아들임.

해설 더러운 거름으로 덮인 기름진 땅에서는 초목이 잘 자라지만 지나치게 맑은 물에는 먹이가 없어 물고기도 없다. 사람은 누구나 결점과 잘못이 있으니, 사소한 결점이나 잘못쯤은 너그럽게 용납하고 감싸주는 아량이 있어야 한다. 만일 지나치게 결백하여 세상을 외면하고만 산다면 무슨 일을 이룰 수 있겠는가?

77

수레를 뒤엎은 사나운 말(馬)도 길들이면 부릴 수 있고, 녹여 붓기 어려운 쇠도 잘 다루면 결국 틀에 부어져 그릇이 된다. 언제나 우물쭈물하고 분발하지 않는다면 평생토록 조금의 진전도 없을 것이다. 백사白沙 선생이 말하기를 "사람이 병이 많음이 부끄러운 일이 아니라 평생토록 병이 없는 것이 바로 나의 걱정거리"라 했으니, 참으로 옳은 말이다.

泛駕之馬(봉가지마)도 可就驅馳(가취구치)요, 躍冶之金(약야지금)도 終歸型範(종귀형범)이니 只一優游不振(지일우유부진)이면 便終身無個進步(변종신무개진보)니라. 白沙云(백사운)하되 爲人多病未足羞(위인다병미족수)니 一生無病是吾憂(일생무병시오우)라 하니 眞確論也(진확론야)로다.

주 泛駕之馬 : 수레를 뒤엎는 사나운 말. 驅馳 : 말을 몰아 빨리 달림. 躍冶之金 : 녹여 틀에 부을 때 마구 튀는 쇠. 型範 : 틀. 不振 : 분발하지 않음. 白沙 : 명明나라 학자 진헌장陳獻章(1428~99)의 호. 多病 : 육체적인 많은 병. 無病 : 정신적으로 고민이 없음. 確論 : 확실한 말.

해설 사나운 말도 잘 길들이면 명마名馬가 되고, 품질이 나쁜 쇠붙이도 잘 다루면 훌륭한 그릇이 된다. 사람도 마찬가지여서 타고난 천성이 좋지 않아도 열심히 노력하면 뛰어난 인물이 될 수 있다. 그러나 아무리 천성을 잘 타고나도 빈둥빈둥 세월을 보내면서 노력하지 않으면 아무런 발전도 이룰 수 없다. 명나라의 학자 백사의 말마따나 사람으로서 육신의 병이 많음이 부끄러운 일이 아니라 정신적으로 아무 고민도 없이 사는 것이야말로 부끄러운 일이다.

사람이 한번 자기의 이익을 탐내는 마음을 가지면 꿋 꿋한 기상도 녹아 약해지고, 지혜는 막혀 어두워지며, 어진 마음이 변하여 사나워지고, 깨끗한 마음이 물들 어 더러워지니 한평생 인품을 망가뜨리게 된다. 그러 므로 옛사람들은 탐내지 않는 것을 보배로 여겼으니, 이것이 곧 세상을 초월하는 방법이다.

人只一念貪私(인지일념탐사)면 便銷剛爲柔(변소강위유)하 고 塞智爲昏(색지위혼)하며 變恩爲慘(변은위참)하고 染潔爲 汚(염결위오)하여 壞了一生人品(괴료일생인품)하나니 故(고) 로 古人(고인)은 以不貪爲寶(이불탐위보)라 所以度越一世(소 이도월일세)니라.

주 貪私 : 사리사욕을 탐냄. 銷剛爲柔 : 강한 의지가 녹아서 약해짐. 變恩爲慘 : 남에게 은혜를 베풀려는 어진 마음이 변 하여 가혹해짐. 染潔爲汚 : 깨끗함을 물들여 더럽게 만듦. 度

越 : 초월.

해설 사람의 마음에 한번 탐욕이 싹트면 굳센 의지도 약해지고, 밝은 지혜가 어두워지며, 인자하던 마음도 잔인해지고, 깨끗하던 마음에 때가 묻어 일생을 망친다. 그러므로 탐내지 않는 것이 세상일에 얽매이지 않고 사는 방법이다.

79

귀로 듣고 눈으로 보는 것은 바깥 도둑이고, 정욕과 물욕物慾은 안의 도둑이다. 다만 주인인 본심本心이 정신을 차려 흐려지지 않고 안채에 홀로 앉아 있으면, 도둑들도 변하여 집안 식구가 될 것이다.

耳目見聞(이목견문)은 爲外賊(위외적)이요, 情欲意識(정욕의식)은 爲內賊(위내적)이니 只是主人翁(지시주인옹)이 惺惺不昧(성성불매)하여 獨坐中堂(독좌중당)이면 賊便化爲家人矣(적변화위가인의)니라.

주 意識 : 사리사욕. 主人翁 : 주인 늙은이, 곧 본심本心. 惺
惺 : 정신을 차리고 깨어 있음. 中堂 : 안채.

해설 귀로 듣고 눈으로 보는 모든 감각의 욕구는 사람의 마
음을 미혹시키는 바깥의 도둑이고, 정욕이나 물욕은 마음속
에서 일어나 혼란을 일으키는 안의 도둑이다. 그러나 주인인
본심이 정신을 차려 도사리고 있으면 안팎의 도둑도 고분고
분한 집안 식구가 되어 탐심과 욕망이 침범하지 못하게 될 것
이다.

80

아직 시작하지 않은 일의 성취를 계획하는 것은 이미
성취한 일의 업적을 보전함만 같지 못하며, 이미 저지
른 실수를 후회하는 것은 장차 일으킬 실수를 미리 막
는 것만 같지 못하다.

圖未就之功(도미취지공)은 不如保已成之業(불여보이성지
업)이요, 悔旣往之失(회기왕지실)은 不如防將來之非(불여방

장래지비)니라.

주　圖 : 도모함, 계획함. 未就之功 : 아직 시작하지 않은 일
의 공적. 將來之非 : 장차 닥쳐올 실수.

해설　아직 손도 대지 않은 일의 계획에 몰두하기보다는 이
미 이루어놓은 일에 더욱 분발하는 편이 낫다. 또 기왕의 잘못
을 뉘우치고 안타까워해도 소용이 없으므로 장차 일으킬지도
모를 실수를 미리 막는 편이 더 현명하다.

81

사람의 기상은 높고 넓어야 하나 세상과 너무 동떨어
져 어둡고 거칠어서는 안 되고, 마음은 치밀해야 하나
조잡해서는 안 되며, 취미는 담백해야 하나 너무 메말
라서는 안 되고, 지조를 지킬 때는 엄정해야 하나 과격
해서는 안 된다.

氣象(기상)은 要高曠而不可疎狂(요고광이불가소광)하고 心

思(심사)는 要縝密而不可瑣屑(요진밀이불가쇄설)하며 趣味(취미)는 要冲淡而不可偏枯(요충담이불가편고)하고 操守(조수)는 要嚴明而不可激烈(요엄명이불가격렬)이니라.

　　주　高曠 : 높고 넓음. 疎狂 : 세상일에 어둡고 행동이 거침. 縝密 : 치밀함. 瑣屑 : 자질구레하고 좀스러움. 冲淡 : 담백함. 偏枯 : 너무 메마름. 操守 : 지조를 지킴. 嚴明 : 엄정하고 명백함.

　　해설　사람의 기상은 높고 넓어야 하지만 그렇다고 지나치게 일에 어두우면 상식 밖의 행동을 저지르게 된다. 마음가짐은 치밀해야 하지만 자질구레한 일에 얽매여서는 큰일을 하지 못한다. 취미는 담백해야 하지만 너무 메마르면 싱거워진다. 또 지조는 엄정하게 지켜 나가야 하지만 너무 과격하면 융통성이 없어 원만하지 못하다.

82

바람이 성긴 대숲에 불어와도 사라지고 나면 소리가

114

남지 않으며, 기러기가 찬 연못을 건너 날아도 건너고 나면 그 그림자가 남지 않는다. 그러므로 군자는 일이 생겨야 비로소 마음이 나타나고, 일이 끝나면 마음도 따라서 빈다.

風來疎竹(풍래소죽)에 風過而竹不留聲(풍과이죽불류성)하고 雁度寒潭(안도한담)에 雁去而潭不留影(안거이담불류영)이니라. 故(고)로 君子(군자)는 事來而心始現(사래이심시현)하고 事去而心隨空(사거이심수공)이니라.

주 疎竹 : 성긴 대숲. 寒潭 : 찬 연못.

해설 대나무숲에는 조금만 바람이 불어와도 와삭와삭 소리가 난다. 그러나 일단 바람이 지나가고 나면 바람 소리가 남아 있지 않는다. 기러기가 찬 연못 위를 날아가면 물 위에 기러기의 그림자가 나타난다. 그러나 일단 기러기가 지나가고 나면 연못에는 아무 그림자도 남아 있지 않다. 군자도 대숲과 연못을 닮아 일이 닥치면 맞아들이고 지나가 버리면 깨끗이 보내어 마음에 두지 않는다.

83

청렴 결백하면서도 도량이 넓고, 인자하면서도 결단을 잘 내리며, 총명하면서도 남의 결점을 잘 들춰내지 않고, 정직하면서도 지나치게 따지지 않는다면, 그것은 마치 꿀을 넣은 과자이면서도 달지 않고 해산물이면서도 짜지 않은 것과 같으니, 이것이야말로 아름다운 것이다.

清能有容(청능유용)하고 仁能善斷(인능선단)하며 明不傷察(명불상찰)하고 直不過矯(직불과교)면 是謂蜜餞不甛(시위밀전불첨)이요, 海味不鹹(해미불함)이니 纔是懿德(재시의덕)이라.

주 有容 : 너그러움. 善斷 : 결단을 잘 내림. 不傷 : 지나치지 않음. 蜜餞 : 꿀을 넣어 만든 음식. 不甛 : 달지 않음. 海味 : 해산물. 不鹹 : 짜지 않음. 懿德 : 아름다운 덕.

해설 청렴한 사람은 아량이 적고, 인자한 사람은 결단력이 모자라며, 총명한 사람은 남의 결함을 잘 들춰내고, 정직한 사람은 남의 잘잘못을 잘 따진다. 그러나 이런 폐단이 없어야 인격자다. 훌륭한 과자는 꿀을 넣어 만들어도 지나치게 달지 않고 좋은 해산물은 짜지 않으니, 덕은 바로 이와 같은 것이다.

84

가난한 집일지라도 깨끗이 청소하고 가난한 집 여인도 머리를 깨끗이 빗으면, 그 모습이 화려하지는 않더라도 절로 기품이 있어 아름다워 보인다. 그러니 군자가 한때 곤궁과 적막함을 당한다 할지라도 어찌 자포자기할 수 있겠는가!

貧家(빈가)도 淨拂地(정불지)하고 貧女(빈녀)도 淨梳頭(정소두)하면 景色(경색)은 雖不艶麗(수불염려)나 氣度(기도)는 自是風雅(자시풍아)니라. 士君子(사군자)는 一當窮愁寥落(일당궁수료락)이나 奈何輒自廢弛哉(내하첩자폐이재)리요.

주 拂地 : 땅을 쓸다. 梳頭 : 머리를 빗음. 景色 : 모습. 艶

麗 : 화려함. 氣度 : 풍도. 風雅 : 풍류와 아취가 있음. 窮愁 :
곤궁한 근심. 寥落 : 낙심하여 쓸쓸하게 지냄. 廢弛 : 자포자
기함.

해설 가난한 오두막이라도 깨끗이 청소하면 품위가 있고,
가난한 집 여인도 머리를 깨끗이 빗으면 화려하진 않아도 기
품이 있다. 이처럼 군자는 한때 곤궁하여 근심스럽고 초야에
묻혀 쓸쓸히 살지라도 낙심하지 말고 더욱 기품을 지니고 살
아야 한다.

85

한가한 중에도 세월을 헛되이 보내지 않으면 급할 때
도움이 되고, 고요한 중에도 마음을 허공에 두지 않으
면 활동할 때 도움이 되며, 어둠 속에서도 숨기지 않으
면 밝은 곳에서 쓸모가 있게 된다.

閒中(한중)에 不放過(불방과)면 忙處(망처)에 有受用(유수
용)하고 靜中(정중)에 不落空(불락공)이면 動處(동처)에 有受

用(유수용)하며 暗中(암중)에 不欺隱(불기은)이면 明處(명처)에 有受用(유수용)하니라.

주 放過 : 헛되이 보냄. 受用 : 쓸모. 落空 : 마음의 활동을 정지함. 欺隱 : 속이고 숨김.

해설 사람은 평소에 앞날을 준비하고 있어야 한다. 한가한 때 미리 준비해두면 급한 일을 당해도 당황하지 않고, 조용할 때 부지런히 실력을 길러두면 활동할 때 도움이 된다. 또 남이 보지 않을 때도 바르게 살면 남들에게 신임을 얻게 된다.

86

생각이 일어난 때에 그것이 조금이라도 욕심의 길로 향해 가는 것을 깨닫게 되면 곧 도리의 길로 따라오게 인도하라. 생각이 일어나자마자 깨닫고 깨닫자마자 전환한다면, 이것이 곧 재앙을 행복으로 만들고 죽음을 삶으로 돌아오게 하는 방법이다. 참으로 소홀히 지나칠 말이 아니다.

念頭起處(염두기처)에 纔覺向欲路上去(재각향욕로상거)면 便挽從理路上來(변만종리로상래)하라. 一起便覺(일기변각)하고 一覺便轉(일각변전)하면 此是轉禍爲福(차시전화위복)하고 起死回生的關頭(기사회생적관두)니 切莫輕易放過(절막경이방과)니라.

주 欲路 : 욕심으로 향하는 길. 理路 : 도리에 합당한 길. 轉禍爲福 : 재앙이 변하여 복이 됨. 起死回生 : 죽음에서 삶으로 돌아옴. 關頭 : 중요한 대목. 輕易 : 가볍게 여김.

해설 자기의 생각이 조금이라도 욕심에 이끌리거든 곧 도리에 맞는 바른 길로 돌아서게 해야 한다. 즉 어떤 생각이 일어나면 곧 그것이 올바른가 아닌가를 판단해 즉시 도리에 맞는 쪽으로 방향을 돌려야 한다. 이것이 화를 복으로 만들고 죽음에서 삶을 얻는 비결이니 이 점을 가벼이 여기지 마라.

87

고요한 때에 생각이 맑으면 마음의 참된 모습을 볼

것이요, 한가한 때에 기상이 조용하면 마음의 참된 활동을 알게 될 것이며, 담담한 가운데 취미가 깨끗하면 마음의 참된 맛을 얻게 될 것이니, 마음을 성찰하여 도를 체득하는 데는 이 세 가지보다 더 나은 것이 없다.

靜中(정중)에 念慮澄徹(염려징철)이면 見心之眞體(견심지진체)하고 閒中(한중)에 氣象從容(기상종용)이면 識心之眞機(식심지진기)하며 淡中(담중)에 意趣冲夷(의취충이)면 得心之眞味(득심지진미)하나니 觀心證道(관심증도)에는 無如此三者(무여차삼자)니라.

주 澄徹 : 맑아서 속까지 환히 들여다보임. 眞體 : 본체. 眞機 : 참된 활동. 淡中 : 담백한 가운데. 冲夷 : 깨끗하고 안정됨. 觀心證道 : 원래 불교 용어. '관심'이란 마음을 관찰하는 일로 자기의 마음의 본성을 맑게 관조하는 일이다. '증도'란 도를 증험하여 깨달음.

해설 고요한 때에 생각이 맑고 깨끗하여야 마음의 참모습을 볼 수 있고, 한가한 때에 기분이 조용히 가라앉아 있어야 마음의 미묘한 활동을 알 수 있으며, 담담한 가운데 집착하지 않아야 마음의 참된 맛을 느낄 수 있다. 이것이 마음의 참모습을 알고 도를 체득하는 세 가지 요건이다.

88

고요한 가운데 고요한 것은 참된 고요가 아니다. 분주한 가운데 고요를 얻어야 비로소 천성天性의 참된 경지에 이른 것이라고 할 수 있다. 즐거움 가운데 즐거운 것은 참된 즐거움이 아니다. 괴로움 가운데 즐거움을 얻어야 비로소 마음의 참된 움직임을 볼 수 있다.

静中静(정중정)은 非眞静(비진정)이니 動處(동처)에 静得來(정득래)라야 纔是性天之眞境(재시성천지진경)이요, 樂處樂(낙처락)은 非眞樂(비진락)이니 苦中(고중)에 樂得來(낙득래)라야 纔見心體之眞機(재견심체지진기)니라.

주 性天 : 천성, 마음. 眞境 : 참된 경지. 心體 : 마음의 본체. 眞機 : 참된 활동.

해설 환경을 조용히 하여 소리 하나 들리지 않는 곳에서 비로소 마음의 고요를 유지하는 것은 진정한 고요라고 말할 수 없다. 오히려 시끄럽고 분주하게 활동하는 속에서 마음의 흔들림이 없이 고요를 유지할 수 있어야 비로소 도道를 체득했다고 할 수 있다. 또 안락한 처지에서는 즐거움을 느끼는 것이 당연한 일이니 이런 즐거움은 진정한 즐거움이라 할 수 없다. 오히려 곤궁한 처지에서 조금도 낙심하지 않고 즐거움을 느낄 수 있어야 마음의 미묘한 움직임을 볼 수 있을 것이다.

89

남을 위해 자기를 희생시키려거든 의심을 갖지 마라. 의심을 갖게 되면 희생하려던 본래의 뜻에 많은 부끄러움을 느끼게 된다. 남에게 베풀었을 때에는 갚아주기를 재촉하지 마라. 갚아주기를 재촉하면 베풀어준 마음까지도 함께 그르치게 될 것이다.

舍己(사기)어든 毋處其疑(무처기의)하라. 處其疑(처기의)하면 卽所舍之志多愧矣(즉소사지지다괴의)리라. 施人(시인)이어든 毋責其報(무책기보)하라. 責其報(책기보)하면 併所施之心俱非矣(병소시지심구비의)니라.

주 舍己 : 자기를 희생함. 施人 : 남에게 은혜를 베풂. 責其報 : 갚아주기를 재촉함.

해설 남을 위해 자기를 희생하기로 결심해놓고도 의혹을 느끼거나 후회한다면, 벌써 그 희생 정신에 흠이 생긴 것이다. 또 남에게 은혜를 베풀고 나서 이에 대해 보상을 바라거나 재촉한다면, 벌써 그 은혜는 아무런 가치도 없게 된다.

90

하늘이 나에게 복을 박하게 준다면 나는 내 덕을 후하게 해서 이를 맞이할 것이고, 하늘이 내 몸을 수고스럽게 한다면 나는 내 마음을 편안히 하여 이를 보충할 것이며, 하늘이 내 처지를 곤궁하게 한다면 나는 내 도

를 깨쳐 이를 트이게 할 것이다. 그러니 하늘인들 나를
어찌하겠는가!

天薄我以福(천박아이복)이면 吾厚吾德以迓之(오후오덕이아
지)하고 天勞我以形(천로아이형)이면 吾逸吾心以補之(오일오
심이보지)하며 天阨我以遇(천액아이우)면 吾亨吾道以通之(오
형오도이통지)리니 天且我奈何哉(천차아내하재)리요.

주 薄我以福 : 나에게 복을 박하게 줌. 迓之 : 맞이함. 勞
我以形 : 내 몸을 수고롭게 함. 阨我以遇 : 내 처지를 곤궁하
게 함.

해설 만일 하늘이 나를 푸대접하여 행복을 주려고 하지 않
는다면 나는 스스로 인격을 닦아 행복해질 것이다. 만일 하늘
이 내 육체를 괴롭힌다면 나는 마음의 평안을 유지하여 그 고
통을 면할 것이다. 만일 하늘이 나를 곤궁에 빠뜨린다면 나는
진리의 힘에 의해 이것을 이겨 나갈 것이다. 그러니 하늘이라
할지라도 나를 마음대로 하지는 못할 것이다.

　지조가 곧은 선비는 복을 구하는 마음이 없으므로 하늘이 오히려 그 마음을 찾아가 복의 문을 열어주고, 간사한 사람은 재앙을 피하려고 애쓰나 하늘이 오히려 그 피하려는 마음에 재앙을 내려 그의 넋을 빼앗는다. 이 하늘의 권능은 얼마나 기묘한가! 그러니 사람의 지혜와 잔꾀가 무슨 소용이 있겠는가!

　貞士(정사)는 無心徼福(무심요복)이라 天即就無心處(천즉취무심처)하여 牖其衷(유기충)하고 憸人(섬인)은 著意避禍(착의피화)라 天即就著意中(천즉취착의중)하여 奪其魄(탈기백)하나니 可見天之機權最神(가견천지기권최신)이니 人之智巧何益(인지지교하익)이리요.

　주 貞士 : 지조가 곧은 선비. 徼福 : 복을 구함. 牖其衷 : 본심을 열어줌. 憸 : (섬)간사하다, (험)간사히 말하다. 憸人 : 간사한 사람. 著意 : 뜻을 둠. 機權 : 권능. 最神 : 몹시 신묘함.

智巧 : 지혜와 기교.

해설　지조가 곧은 사람은 구태여 행운을 잡으려고 애쓰지 않지만 하늘이 오히려 그 마음을 가상히 여겨 행운을 베풀고, 간사한 사람은 불행을 피하려고 애쓰지만 하늘이 오히려 그 마음을 미워하여 불행을 내려 마음에 충격을 준다. 이와 같이 하늘의 권능은 신묘하기 짝이 없으니, 인간이 잔재주를 부려도 소용이 없다.

92

기생도 늘그막에 남편을 따르면 한평생의 분 냄새가 사라져버리고, 열녀烈女라도 머리가 센 뒤에 정조를 잃으면 반평생의 절개가 물거품이 된다. 옛말에 이르기를 "사람을 보려거든 그 후반생을 보라"고 했으니, 이는 실로 명언이다.

聲妓(성기)도 晩景從良(만경종량)하면 一世之胭花無碍(일세지연화무애)하고 貞婦(정부)도 白頭失守(백두실수)하면 半生

之淸苦俱非(반생지청고구비)니라. 語云看人(어운간인)에 看後半截(지간후반절)하라 하니 眞名言也(진명언야)로다.

주 聲妓 : 소리하는 기생. 晚景 : 늘그막. 從良 : 남편을 좇음. 胭花 : 분, 음탕한 생활을 뜻함. 無碍 : 거리낌이 없음. 失守 : 정조를 잃음. 淸苦 : 절개. 後半截 : 후반생.

해설 젊은 시절에 몸을 팔던 천한 기생도 늘그막에 남편을 얻어 정조를 지키고 남편을 따르면, 지난날의 음탕한 흠이 가려진다. 그러나 아무리 열녀라 할지라도 늘그막에 정조를 잃으면 반평생의 절개가 헛된 것이 되고 만다. 사람의 가치를 살피려면 그 늘그막까지 보아야 한다.

93

평민이라 할지라도 덕을 심고 은혜를 베풀면 곧 벼슬 없는 재상이요, 사대부라 할지라도 권세를 탐내고 은총을 팔면 마침내 벼슬 있는 거지가 될 것이다.

平民(평민)도 肯種德施惠(긍종덕시혜)하면 便是無位的公相(변시무위적공상)이요, 士夫(사부)도 徒貪權市寵(도탐권시총)하면 竟成有爵的乞人(경성유작적걸인)이니라.

주 種德 : 덕을 심음. 無位 : 벼슬자리가 없음. 公相 : 왕공재상王公宰相. 士夫 : 사대부. 市寵 : 은총을 팔다, 은혜를 베풀고 보답을 바람.

해설 벼슬길에 오르지 못한 평민이라 할지라도 덕을 널리 행하고 은혜를 많이 베풀면 온 국민이 존경하는 정신적 재상이 될 수 있다. 이와 반대로 아무리 벼슬이 높은 사람일지라도 권세를 탐내고 아랫사람들에게 뇌물이나 받기 좋아한다면 벼슬자리에 앉은 도둑이나 거지에 불과할 뿐이다.

94

조상의 덕택이 무엇이뇨? 내 몸이 지금 누리고 있는 것이 곧 그것이니, 오랫동안 어렵게 쌓아올린 그 노고를 생각하라. 자손의 행복이 무엇이뇨? 내가 그들에게

끼쳐주는 것이 곧 그것이니, 그 행복이 기울어지기 쉬
운 것을 생각하라.

問祖宗之德澤(문조종지덕택)하면 吾身所享者(오신소향자)
가 是(시)니 當念其積累之難(당념기적루지난)하고 問子孫之
福祉(문자손지복지)하면 吾身所貽者(오신소이자)가 是(시)니
要思其傾覆之易(요사기경복지이)하라.

주 積累 : 쌓아올림. 所貽者 : 남겨주는 것. 傾覆 : 기울어져
엎어짐.

해설 우리가 지금 행복하게 살아가는 것은 오직 조상이 끼
쳐준 혜택 덕분이다. 그들이 수천 년 동안 쌓아올린 역사와 전
통과 문화와 풍습을 지키고 발전시키기까지 얼마나 많은 수고
가 따랐겠는가! 우리는 조상들의 노고에 감사해야 할 것이다.
또한 자손들의 행복은 우리로부터 넘겨지는 것이다. 우리가
그 터전을 튼튼히 마련해주지 않는다면 그들의 행복은 기울어
져 엎어지기 쉽다.

군자로서 위선을 행한다면 소인이 악을 거침없이 저지르는 것과 다름이 없고, 군자로서 절개를 꺾는다면 소인이 스스로 잘못을 뉘우쳐 고침만 못하다.

君子而詐善(군자이사선)이면 無異小人之肆惡(무이소인지사악)이요, 君子而改節(군자이개절)이면 不及小人之自新(불급소인지자신)이니라.

주 詐善 : 선한 체함. 肆惡 : 악을 거침없이 행함. 改節 : 절개를 꺾음, 변절. 自新 : 잘못을 뉘우쳐 고침.

해설 학문과 덕행이 뛰어나야 할 군자가 양심을 속이고 위선을 행한다면 무지몽매한 소인이 악을 행하는 것과 조금도 다를 바가 없다. 더구나 사리사욕에 빠져 절개를 꺾는다면 이것은 소인이 잘못을 뉘우치고 바른 길을 찾는 것만도 못하다.

집안 식구가 잘못을 저지르면 몹시 성내지도 말고 가볍게 내버려두지도 마라. 그 일을 말하기 어렵거든 다른 일을 빌려서 넌지시 일깨워주고, 오늘 깨닫지 못하면 내일 다시 일깨워주되, 봄바람이 얼어붙은 것을 녹이듯 하고 온화한 기운이 얼음을 녹이듯 하라. 이것이 곧 가정을 다스리는 법도니라.

家人有過(가인유과)어든 不宜暴怒(불의폭로)하고 不宜輕棄(불의경기)니라. 此事難言(차사난언)이어든 借他事隱諷之(차타사은풍지)하고 今日不悟(금일불오)어든 俟來日再警之(사래일재경지)하되 如春風解凍(여춘풍해동)하고 如和氣消氷(여화기소빙)하면 纔是家庭的型範(재시가정적형범)이니라.

주 暴怒 : 사납게 성냄. 輕棄 : 가벼이 내버려 둠. 隱諷 : 비유로 넌지시 일깨워줌. 型範 : 법도.

해설 집안 식구가 잘못을 저질렀을 때 불끈 화를 내어 책망

해서는 안 되며, 가볍게 여겨 그대로 두어서도 안 된다. 직접 그 잘못을 말하기 어려우면 다른 일을 비유로 들어 일깨워주어라. 그래도 깨닫지 못하면 급히 서둘지 말고 다음에 다시 기회를 만들어 일깨워줘야 한다. 마치 따뜻한 봄바람이 얼음을 녹이듯이 은연중에 스스로 잘못을 깨달아 고치도록 하는 것이 상책이다.

97

자기 마음이 항상 원만해질 수 있다면 천하는 저절로 불만이 없는 세계가 될 것이요, 자기 마음이 언제나 너그럽고 평온하다면 천하에서 저절로 악한 인정人情이 사라질 것이다.

此心常看得圓滿(차심상간득원만)이면 天下(천하)에 自無缺陷之世界(자무결함지세계)요, 此心常放得寬平(차심상방득관평)이면 天下(천하)에 自無險側之人情(자무험측지인정)이니라.

주 寬平 : 너그럽고 평온함. 險側 : 험하고 치우침.

해설 언제나 원만한 마음을 가질 수 있다면 세계는 다 원만해 보일 것이며, 자기 마음을 항상 너그럽고 평화스럽게 가질 수 있다면 자연히 대하는 사람에게 사나운 마음을 갖지 않게 될 것이다.

98

청렴하고 검소한 선비는 반드시 호화로운 것을 좋아하는 자의 의심을 받게 되고, 엄격한 사람은 방종한 사람의 미움을 받게 마련이다. 군자는 이에 처하여서 그 지조를 조금이라도 바꾸지 말아야 하며, 또 그 주장을 너무 드러내지도 말아야 한다.

澹泊之士(담박지사)는 必爲濃艶者所疑(필위농염자소의)요, 檢飾之人(검식지인)은 多爲放肆者所忌(다위방사자소기)니 君子(군자)는 處此(처차)에 固不可少變其操履(고불가소변기조리)하고 亦不可太露其鋒芒(역불가태로기봉망)이니라.

주 澹泊 : 청렴하고 검소함. 濃艶 : 호화롭고 사치함. 檢飭 : 신중하고 엄격함. 放肆 : 방종. 操履 : 지조. 太露 : 너무 드러냄. 鋒芒 : 창끝.

해설 검소하게 사는 사람은 호화롭게 사는 사람들에게 위선자라는 의심을 받게 되고, 또 엄격한 사람은 방종한 사람에게서 융통성이 없다고 미움을 받게 마련이다. 군자는 이에 동요되지 않고 자기의 소신을 굽히지 말아야 하며, 그렇다고 모가 나게 주장을 내세워 상대방과 충돌해서도 안 된다.

99

역경 속에 있을 때에는 그 주위가 모두 침이 되고 약이 되어 절개와 행실을 갈고 닦게 하는데 사람들이 이를 미처 깨닫지 못하고, 순조로운 상황 속에 있을 때에는 눈앞에 있는 것이 모두 칼이 되고 창이 되어 기름을 녹이고 뼈를 깎는데도 사람들이 미처 이를 깨닫지 못한다.

居逆境中(거역경중)이면 周身(주신)이 皆鍼砭藥石(개침폄약석)이라. 砥節礪行而不覺(지절려행이불각)하고 處順境內(처순경내)면 眼前(안전)이 盡兵刃戈矛(진병인과모)라 銷膏靡骨而不知(소고미골이부지)니라.

주 周身 : 몸의 주위. 鍼砭 : 침. 砥節 : 절개를 연마함. 礪行 : 행실을 닦음. 兵刃 : 무기, 칼날. 戈矛 : 창. 銷膏 : 기름을 녹임. 靡骨 : 뼈를 깎음.

해설 어려운 처지에 놓여 있을 때에는 주위에 있는 모든 것이 자기에게 침이 되고 약이 되어 인격을 기르게 하지만 사람들은 미처 이것을 깨닫지 못한다. 이와 반대로 순조로운 처지에 놓여 있을 때에는 눈앞에 있는 모든 것이 안일과 사치와 방탕 등 무서운 칼날이 되어 기름을 녹이고 뼈를 깎아 몸을 파멸시키는데도 사람들은 이것을 미처 깨닫지 못하고 있다. 역경은 우리에게 약이 되고 순조로운 상황은 독이 된다.

100

부귀를 누리는 집안에서 자란 사람은 그 욕심이 사나운 불길과 같고 그 권세가 사나운 불꽃과 같다. 만일 조금이라도 맑고 서늘한 기운을 띠지 않는다면, 그 불길이 남을 태우게까지 되지는 않을지라도 반드시 장차 자기 자신을 불사를 것이다.

生長富貴叢中的(생장부귀총중적)은 嗜欲如猛火(기욕여맹화)하고 權勢似烈焰(권세사렬염)이라. 若不帶些淸冷氣味(약부대사청랭기미)하면 其火焰(기화염)이 不至焚人(부지분인)이나 必將自爍矣(필장자삭의)리라.

주 叢中 : 집안. 嗜欲 : 물질적인 욕심. 烈焰 : 사나운 불길. 焚人 : 남을 태워죽임. 自爍 : 자신을 불태워 죽임.

해설 풍족하고 지위가 높은 집안에서 자란 사람은 자칫하면 모든 가치를 돈과 권력에 두기 쉽다. 그리하여 돈과 권력을 맹렬히 추구하게 된다. 이런 사람은 머리를 좀 식혀 담담한 기풍을 기르지 않으면, 그 욕심의 불길이 설사 남을 태워죽이지는 않더라도 언젠가 반드시 자기 자신을 불태워 멸망시킬 것이다.

101

사람의 마음이 한결같이 진실하면 능히 서리가 내리게도 할 수 있고, 성城을 무 뜨릴 수도 있으며, 쇠붙이나 돌도 뚫을 수가 있다. 그러나 거짓이 많은 사람은 형체만 갖추었을 뿐 본체는 이미 망한 것이나 마찬가지여서, 남을 대하면 그 얼굴이 얄밉고 홀로 있으면 자기 몸과 그림자에 대해 스스로 부끄러워진다.

人心一眞(인심일진)은 便霜可飛(변상가비)하고 城可隕(성가운)하며 金石可貫(금석가관)이나 若僞妄之人(약위망지인)은 形骸徒具(형해도구)나 眞宰已亡(진재이망)이라. 對人則面目可憎(대인즉면목가증)이요, 獨居則形影自媿(독거즉형영자괴)니라.

138

주 霜可飛：《회남자淮南子》에 있는 추연鄒衍의 고사故事. 연燕나라 신하 추연이 참소되어 옥에 갇혀 있을 때 하늘을 우러러 통곡했더니 5월 하늘에서 서리가 내렸다고 함. 城可隕：《고금주古今注》에 있는 기량杞梁의 아내의 고사. 기량이 전사하자 그의 아내가 하늘을 우러러 통곡하니 성이 무너졌다고 함. 金石可貫：진심으로 노력하면 쇠나 돌도 뚫을 수 있음. 주자朱子의 시 "양기가 발하는 바 금석도 또한 꿰뚫나니, 정신을 한 곳으로 모으면 무슨 일인들 이루지 못하리요陽氣所發 金石亦透 精神一到 何事不成"에서 나온 말. 形骸：형체. 徒具：헛되이 갖춤. 眞宰：진정한 주인. 自媿：스스로 부끄러워함.

해설 사람의 마음이 한결같이 진실하면 천지신명天地神明도 감동시킬 만큼 놀라운 위력을 갖게 된다. 그러나 진실하지 못하고 속임수가 많은 사람은 겉모습만 인간의 탈을 썼을 뿐 사람다운 본체는 이미 찾아볼 수 없으니, 따라서 남을 대하는 얼굴도 밉살스럽고 자기 혼자 있으면 자기 모습이나 그림자까지도 부끄럽게 느껴진다.

문장이 극치에 이르면 유난히 기이하게 보이지 않고 다만 알맞을 뿐이요, 인품이 극치에 이르면 다만 본래의 모습 그대로일 뿐이다.

文章(문장)이 做到極處(주도극처)하면 無有他奇(무유타기)라 只是恰好(지시흡호)요, 人品(인품)이 做到極處(주도극처)하면 無有他異(무유타이)라 只是本然(지시본연)이니라.

주 做到 : 도달함. 恰好 : 어울리다. 本然 : 본래 그대로의 모습.

해설 문장의 표현 기법이 최고의 경지에 도달하면 공연히 아름다운 문구를 늘어놓아 화려하게 꾸미려고 하지 않고 다만 평범한 문장 속에 자기 생각과 감정을 알맞게 표현한다. 이와 마찬가지로 인품이 최고의 경지에 이르면 특별히 유난스러워 보이지 않고 인간 본연의 자세로 돌아가게 되는 데 지나지 않는다.

이 세상을 꿈처럼 본다면 부귀와 명성은 말할 것도 없고 내 몸뚱이도 빌려 가진 형체에 지나지 않으며, 실체로 본다면 부모와 형제는 말할 것도 없고 만물이 다 나와 한 몸이다. 사람의 일체가 거짓 형체임을 깨닫고 만물이 나와 한 몸임을 깨닫는다면 능히 천하의 책임도 맡을 수 있고 또 세상의 속박에서 벗어날 수도 있다.

以幻迹言(이환적언)하면 無論功名富貴(무론공명부귀)요, 卽肢體(즉지체)도 亦屬委形(역속위형)하고 以眞境言(이진경언)하면 無論父母兄弟(무론부모형제)요, 卽萬物(즉만물)이 皆吾一體(개오일체)니 人能看得破(인능간득파)하고 認得眞(인득진)하면 纔可任天下之負擔(재가임천하지부담)하고 亦可脫世間之韁鎖(역가탈세간지강쇄)니라.

주 幻迹 : 환상적인 가상假象의 세계, 현상계現象界. 委形 : 빌려 가진 형체. 장자莊子는 "이 몸은 천지를 빌려가진 형체다"

라고 말했음. 眞境 : 참된 세계, 실재계實在界. 看得 : 간파함.
韁鎖 : 속박.

해설 헛된 모습으로 나타나는 현상계의 입장에서 보면, 부
귀나 명예는 말할 것도 없고 내 몸까지도 잠시 빌려 가진 형체
에 지나지 않는다. 그러나 한편 참된 존재인 실재계에서 말하
면, 부모나 형제는 물론이고 우주 만물이 나와 한 몸이다. 그
러므로 현상계와 실재계의 진리를 깨닫게 되면 천하 만민을
다스리는 큰 책임도 맡을 수 있고 욕망의 굴레에서 벗어날 수
도 있다.

104

입에 맞는 음식은 모두가 창자를 곯게 하고 뼈를 썩
게 하는 독약이니 반쯤 먹어야 재앙이 없고, 마음에 즐
거운 일은 모두 몸을 망치고 덕을 잃게 하는 매개물이
니 반쯤에서 그쳐야 후회가 없을 것이다.

爽口之味(상구지미)는 皆爛腸腐骨之藥(개란장부골지약)이

니 五分(오분)이면 便無殃(변무앙)이요, 快心之事(쾌심지사)는 悉敗身喪德之媒(실패신상덕지매)니 五分(오분)이면 便無悔(변무회)니라.

주 爽口之味 : 입에 맞는 음식. 爛腸腐骨 : 창자를 곯게 하고 뼈를 썩게 함. 快心之事 : 마음에 상쾌한 일. 敗身喪德 : 몸을 망치고 덕을 잃음.

해설 맛있는 음식은 과식하면 몸에 해로우므로 위장에 반쯤 찼을 때 식욕을 억제하지 않으면 몸에 독이 되고 만다. 이와 마찬가지로 유쾌한 일도 적당히 즐겨야지 이에 너무 빠지면 몸과 마음을 망치게 된다.

105

남의 작은 허물을 꾸짖지 말고, 남의 비밀을 들추어내지 말며, 남의 지난날의 잘못을 생각지 마라. 이 세 가지가 덕을 기르고 해를 멀리하게 해줄 것이다.

不責人小過(불책인소과)하고 不發人陰私(불발인음사)하며
不念人舊惡(불념인구악)하라. 三者(삼자)는 可以養德(가이양
덕)하고 亦可以遠害(역가이원해)니라.

해설 남의 잘못을 탓하지 말고, 남의 비밀을 폭로하지 말
며, 남의 지난날의 잘못을 오래 마음에 새겨두지 마라. 이 세
가지가 덕을 기르고 남의 원망을 사지 않는 길이다.

106

선비와 군자는 몸가짐이 가벼워서는 안 된다. 가벼우
면 외계의 사물이 나를 동요케 하여 여유 있고 침착한
맛이 없도록 만든다. 또 마음 쓰는 것이 무거워서는 안
된다. 무거우면 사물에 얽매여 시원하고 활달한 기상
이 없어진다.

士君子(사군자)는 持身不可輕(지신불가경)이니 輕則物能撓

144

我(경즉물능요아)하여 而無悠閒鎭定之趣(이무유한진정지취)
요, 用意不可重(용의불가중)이니 重則我爲物泥(중즉아위물
니)하여 而無瀟洒活潑之機(이무소쇄활발지기)니라.

해설 군자와 선비가 말이나 행동이 경박하면 언제나 외부
의 사물에 흔들려 품위가 없어 보인다. 또 너무 융통성이 없어
사물에 얽매이면 시원시원한 활동성이 없어진다.

107

하늘과 땅은 영원히 있으나 이 몸은 두 번 얻지 못하
며, 인생은 백 년에 불과한데 이 하루는 쉬 가버린다.
다행히 그 사이에 태어난 사람인 바에야 삶의 즐거움
을 누리지 못해서도 안 되고, 또 헛되이 살지 않을까
걱정하지 않아서도 안 된다.

天地(천지)는 有萬古(유만고)이나 此身(차신)은 不再得(부재득)이요, 人生(인생)은 只百年(지백년)에 此日(차일)은 最易過(최이과)니라. 幸生其間者(행생기간자)는 不可不知有生之樂(불가부지유생지락)하고 亦不可不懷虛生之憂(역불가불회허생지우)니라.

주 萬古 : 영원. 有生之樂 : 이 세상에 태어난 즐거움. 虛生之憂 : 헛되이 살고 있는 것이 아닌가 하는 걱정.

해설 천지는 영원히 있으나 인간은 두 번 다시 세상에 태어날 수 없다. 인간은 백 년도 못 되는 삶을 누리는데, 세월은 덧없이 빠르기만 하다. 다행히 이 세상에 태어난 이상, 삶의 즐거움도 누려야 하고 또 헛되이 살아가는 것이 아닌지 두려워도 해야 한다.

108

원망은 덕으로 말미암아 나타난다. 그럴 바에는 남이 나를 덕이 있다고 여기게 하기보다는 덕과 원한을 모두 잊어버리게 하는 편이 낫다. 또 원수는 은혜로 말미암아 생겨난다. 그럴 바에는 남이 내 은혜를 알게 하기보다는 차라리 은혜와 원수를 함께 없애는 편이 낫다.

怨因德彰(원인덕창)이라 故(고)로 使人德我(사인덕아)로는 不若德怨之兩忘(불약덕원지양망)이요, 仇因恩立(구인은립)이라 故(고)로 使人知恩(사인지은)으로는 不若恩仇之俱泯(불약은구지구민)이니라.

주 彰 : 나타남. 俱泯 : 함께 없애다.

해설 덕이나 은혜는 한 사람에게만 베풀면 반드시 다른 사람으로부터 원망을 받게 되니, 차라리 베풀지 않은 것만도 못한 결과가 된다. 이 말은 덕과 은혜를 베풀 줄 모르는 매정한 자가 되라는 뜻이 아니라 공평하게 베풀어야 함을 강조한 것이다.

늙어서 생기는 병은 모두 젊었을 때 불러들인 것이고, 쇠퇴한 후의 재앙은 모두 번성할 때에 지은 것이다. 그러므로 군자는 젊고 번성했을 때에 더욱 조심한다.

老來疾病(노래질병)은 都是壯時招的(도시장시초적)이요, 衰後罪孽(쇠후죄얼)은 都是盛時作的(도시성시작적)이니 故(고)로 持盈履滿(지영리만)을 君子尤兢兢焉(군자우긍긍언)하나니라.

주 罪孽 : 죄, 재앙. 持盈履滿 : 번성한 것을 유지하여 그 절정에 있음. 兢兢 : 두려워 조심함.

해설 늙어서 생기는 병은 젊어서 혈기가 왕성할 때에 몸을 마구 굴렸기 때문이며, 불우한 때에 겪게 되는 재앙은 번성할 때에 지은 잘못 때문이다. 그러므로 군자는 젊었을 때 몸을 조심하고 운수가 좋을 때 잘못을 범하지 않도록 더욱 조심한다.

110

　사사로이 은혜를 베푸는 것은 공정한 여론을 편드는 것만 같지 못하고, 새로 친구를 사귀는 것은 옛 친구와의 우정을 두텁게 하는 것만 못하며, 영예로운 이름을 내세우는 것은 숨은 덕을 심느니만 못하고, 기이한 절조節操를 숭상하는 것은 평소의 행실을 삼가는 것만 못하다.

　市私恩(시사은)은 不如扶公議(불여부공의)요, 結新知(결신지)는 不如敦舊好(불여돈구호)요, 立榮名(입영명)은 不如種隱德(불여종은덕)이요, 尚奇節(상기절)은 不如謹庸行(불여근용행)이니라.

　주　私恩 : 사사로운 은혜. 公議 : 공정한 여론. 結新知 : 새로운 벗을 사귐. 舊好 : 옛 친구. 榮名 : 영광스러운 명예. 隱德 : 숨은 덕. 奇節 : 기이한 절조. 庸行 : 평소의 행실.
　해설　사사로운 은혜를 베풀고 그 보답을 기대하기보다는

공정한 여론에 따라 살아가는 것이 바른 태도이며, 새로 친구를 사귀기보다는 오래 사귄 친구와 우정을 두텁게 하는 것이 친구를 사귀는 방법이고, 영광된 이름을 세상에 날리려고 애쓰기보다는 남의 눈에 뜨이지 않게 덕을 행하는 것이 치세의 도리이며, 특이한 절개를 세우려고 애쓰기보다는 나날의 행실에 실수가 없게 하는 것이 더 값진 일이다.

111

공정하고 올바른 의견에는 반대하지 마라. 한번 반대하면 수치를 만세에 남기게 될 것이다. 권세와 사리사욕을 탐내는 곳에는 발을 들여놓지 마라. 한번 발을 들여놓으면 평생 그 더러움이 낙인찍힐 것이다.

公平正論(공평정론)은 不可犯手(불가범수)니 一犯則貽羞萬世(일범즉이수만세)하고 權門私竇(권문사두)는 不可著脚(불가착각)이니 一著則點汚終身(일착즉점오종신)이니라.

주 正論 : 공정한 의론. 貽羞 : 부끄러움을 남김. 私竇 : 사리사욕을 탐내는 소굴. 著脚 : 발을 들여놓음. 點汚 : 더러움에 물듦.

해설 자기의 이해 관계에 얽매어 공평하고 올바른 남의 의견에 반대하면 영원히 그 부끄러움이 남게 될 것이며, 권세와 사리사욕에 눈이 어두운 집안에 자주 드나들면 평생토록 그 더러움을 씻을 수 없을 것이다.

112

뜻을 굽혀 남을 기쁘게 해주는 것은 몸을 곧게 가져 남의 미움을 사느니만 못하고, 착한 일을 하지 않고 남의 칭찬을 받는 것은 악한 일을 하지 않고 남의 비난을 받느니만 못하다.

曲意而使人喜(곡의이사인희)는 不若直躬而使人忌(불약직궁이사인기)요, 無善而致人譽(무선이치인예)는 不若無惡而致人毀(불약무악이치인훼)니라.

주 曲意 : 자기 의견을 굽힘. 直躬 : 자기 행실을 바르게 함. 致人毁 : 남들의 비난을 받음.

해설 자기의 정당한 의견을 굽혀가면서까지 남의 환심을 사기보다는 바르게 행동하고 남의 미움을 사는 편이 낫고, 좋은 일을 한 것도 없이 남에게 칭찬을 받기보다는 악한 일을 하지 않고도 남에게 비방을 받는 편이 낫다.

113

부모나 형제가 변을 당하면 침착해야지 격정을 일으켜서는 안 된다. 친구의 잘못을 보면 마땅히 적절하게 충고를 해야지 주저해서는 안 된다.

處父兄骨肉之變(처부형골육지변)에는 宜從容(의종용)이니 不宜激烈(불의격렬)이며 遇朋友交遊之失(우붕우교유지실)에는 宜凱切(의개절)이니 不宜優游(불의우유)니라.

주 骨肉 : 부모 형제와 같은 혈족. 從容 : 조용함. 凱切 : 알

152

맞고 적절함, 적절하게 충고함. 優游 : 우물쭈물함.

해설 부모 형제가 갑자기 어떤 변을 당했을 경우에는 될 수 있는 대로 침착하고 냉정하게 대처해 나가야 하며 격정을 일으켜 지나치게 상심하지 말아야 한다. 또 친구의 잘못을 보면 어물어물 눈을 감아줄 것이 아니라 간곡하게 충고해야 한다.

114

작은 일도 빈틈없이 처리하고 어둠 속에서도 속이거나 숨기지 않으며 실패하고서도 낙심하지 않는다면, 그야말로 진정한 영웅이라 할 수 있다.

小處(소처)에 不滲漏(불삼루)하고 暗中(암중)에 不欺隱(불기은)하며 末路(말로)에 不怠荒(불태황)이면 纔是個眞正英雄(재시개진정영웅)이니라.

주 小處 : 작은 일. 滲漏 : 물이 새어 나오다. 欺隱 : 속이고 숨김. 怠荒 : 자포자기함.

해설 아무리 사소한 일이라도 소홀히 하지 않고, 남이 보지 않는 일이라도 속이는 일이 없으며, 일에 실패했을 때에도 낙심하지 않고 다시 일어나기 위해 분발하는 사람이야말로 대장부라고 할 수 있다.

115

천금으로도 한때의 환심을 사기 어려운가 하면, 한 끼 밥에 평생을 두고 감사할 수도 있다. 사랑이 지나치다가 도리어 원수가 될 수 있고, 지나치게 각박하다가도 도리어 기쁨을 이루게 된다.

千金(천금)도 難結一時之歡(난결일시지환)이요, 一飯(일반)도 竟致終身感(경치종신감)이니 蓋愛重(개애중)이면 反爲仇(반위구)요, 薄極(박극)이면 翻成喜也(번성희야)니라.

주 終身感 : 평생토록 은혜를 고맙게 여김. 愛重 : 사랑이 지나침. 薄極 : 아주 각박함.

해설 많은 돈을 주고도 한때의 환심조차 얻지 못하는 수가 있는가 하면, 밥 한 끼 주었을 뿐인데 상대방이 그 은혜를 평생토록 잊지 못하는 경우도 있다. 큰 은혜를 베풀었는데도 도리어 원한을 사게 되는가 하면, 하찮은 선심이 때에 따라서는 큰 기쁨을 주는 경우가 있다. 그러므로 남에게 은혜를 베풀 경우에는 때와 처지를 잘 헤아려서 베풀어야 한다.

116

교묘한 재주를 서툰 솜씨 속에 감추고, 어둠으로 밝음을 드러내며, 청렴하면서도 혼탁한 가운데 머물러 있고, 굽힘으로써 몸을 펴는 바탕으로 삼는 것, 이것이 세상을 살아가는 안전한 길이요 몸을 보호하는 안전한 곳이다.

藏巧於拙(장교어졸)하고 用晦而明(용회이명)하며 寓清于濁(우청우탁)하고 以屈爲伸(이굴위신)은 眞涉世之一壺(진섭세지일호)요, 藏身之三窟也(장신지삼굴야)니라.

주 藏巧於拙 : 교묘한 재주를 서툰 솜씨 속에 감춤. 用晦而明 : 어둠으로 밝게 나타냄.《역경易經》의〈명이상사明夷象辭〉에 나오는 말. 一壺 : 위급을 면케 하는 항아리.《골관자鶡冠子》라는 책에 있는 '中流失舟一壺千金'이라는 말에서 인용한 말로서 강 가운데서 배가 뒤집혔을 때 항아리를 붙잡고 있으면 목숨을 건질 수 있으니 그 항아리 하나에 천금의 값어치가 있다는 뜻. 三窟 : 안전한 은신처.《전국책戰國策》의 '狡兎三窟'에서 인용한 말. 즉 교활한 토끼는 세 개의 굴이 있어 겨우 죽음을 면할 수 있다는 뜻.

해설 아무리 비범한 재주가 있더라도 겉으로는 서툰 체하고, 뛰어난 지혜를 갖고 있으면서도 어리석고 어두운 체하면서 밝게 살피며, 청렴 결백하면서도 혼탁한 세상에 몸을 의탁하고 살고, 몸을 움츠리면서 장차 몸을 펴고 일어설 자세를 가다듬는 것——이러한 생활 태도야말로 세상이라는 강을 안전하게 건 가는 구명정이 되고 몸을 보존할 수 있는 안전책이다.

쇠퇴해가는 모습은 풍성한 가운데 있고 새로 자라나는 움직임은 시듦 속에 있는 법이다. 그러므로 군자는 편안할 때에 마음을 바르게 가져 후환後患이 없게 하고, 어려움을 당했을 때에는 백 번을 참아 성공을 도모해야 한다.

衰颯的景象(쇠삽적경상)은 就在盛滿中(취재성만중)하고 發生的機緘(발생적기함)은 卽在零落內(즉재영락내)니라. 故(고)로 君子(군자)는 居安(거안)엔 宜操一心以慮患(의조일심이려환)하고 處變(처변)에는 當堅百忍以圖成(당견백인이도성)이니라.

주 衰颯 : 쇠퇴함. 景象 : 모습. 盛滿 : 번성함. 機緘 : 움직임, 작용. 零落 : 시듦. 곤궁함. 操一心 : 마음을 바르게 가짐. 慮患 : 우환을 염려하여 미리 막음. 處變 : 어려운 처지에 놓임. 堅百忍 : 굳게 백 번 참음. 圖成 : 성공을 도모함.

해설 잎과 꽃이 무성한 계절에 이미 조락凋落의 징후가 일어나고, 추운 겨울의 마른 가지와 시든 풀뿌리에서 줄기찬 생명력이 새봄을 준비하고 있다. 그러므로 군자는 모든 일이 순조로운 상황에 있을 때 방자하게 행동하지 말고 마음을 바르게 지켜 후환이 없도록 미리 단속하고, 역경에 있을 때에 조금도 실망하지 않고 끝까지 참고 견디면서 재기하도록 힘써야 한다.

118

진기한 것에 경탄하고 이상한 것을 기뻐하는 사람에게는 원대遠大한 식견이 없으며, 괴롭게 절개를 지키면서 홀로 행하는 사람에게는 영원한 지조가 없다.

驚奇喜異者(경기희이자)는 無遠大之識(무원대지식)이요, 苦節獨行者(고절독행자)는 非恒久操(비항구조)니라.

주 驚奇 : 진기한 것을 보고 경탄함. 苦節 : 괴로운 환경에

서 절개를 굳게 지킴. 獨行 : 세상을 등지고 홀로 살아감. 恒
久操 : 영원한 지조.

해설 세상에 보기 드문 기이한 것을 좋아하는 사람은 천박
하여 원대한 식견이 없다. 위대한 것은 평범한 일상 생활 속
에 있는 것이지 결코 비범하거나 기이함 속에 있지 않다. 또
홀로 세상을 등지고 괴로움을 무릅쓰면서 지키기 어려운 절
개를 억지로 지켜 나가는 것은 진정한 지조가 못 된다. 진정
한 지조는 마음에서 스스로 우러나오는 것이지 억지로 생기는
것이 아니다.

119

분노의 불길이 타오르고 욕망의 물결이 끓어오르는
때를 당하여, 분명히 이를 알고 또 분명히 억제하려 함
이 있으니, 이를 아는 것은 누구이고 이를 누르려는 것
은 누구인가? 이때에 홀연히 생각을 돌릴 수 있다면
사악한 마음도 곧 참된 마음이 될 것이다.

當怒火慾水(당노화욕수)가 正騰沸處(정등비처)하여 明明知得(명명지득)하며 又明明犯著(우명명범착)하나니 知的是誰(지적시수)며 犯的又是誰(범적우시수)오. 此處(차처)에 能猛然轉念(능맹연전념)하면 邪魔便爲眞君矣(사마변위진군의)니라.

주 騰沸 : 끓어오름. 犯著 : 억누름. 轉念 : 마음을 돌림, 반성함. 邪魔 : 사악한 마음. 여기서는 노화욕수怒火慾水를 가리킴. 眞君 : 양심. 마음의 본체.

해설 마음속에 분노가 불길처럼 솟아오르고 욕심이 물결처럼 밀어닥칠 때, 누구나 그것을 알아차리고 억제하려는 그 무엇이 작용하고 있는 것을 알 수 있다. 그것이 무엇인가? 바로 양심이다. 이러한 때에 크게 반성하여 마음을 돌릴 수 있으면 분노와 욕심 같은 악마는 사라지고 참된 양심이 나타나게 된다.

120

한쪽 말만 믿어 간사한 사람에게 속지 말고, 자기 힘

만 믿어 객기客氣를 부리지 말며, 자기의 장점으로 남의 단점을 드러내지 말고, 자기의 서투름으로 남의 유능함을 시기하지 마라.

毋偏信而爲奸所欺(무편신이위간소기)하고 毋自任而爲氣所使(무자임이위기소사)하며 毋以己之長而形人之短(무이기지장이형인지단)하고 毋因己之拙而忌人之能(무인기지졸이기인지능)하라.

주 偏信 : 한 만 지나치게 믿음. 自任 : 자기의 능력을 믿음. 氣 : 객기. 形人之短 : 남의 단점을 드러냄.

해설 사실대로 공정한 판단을 내리지 않고 한쪽 말만 믿어 악한 사람에게 속는 일이 없도록 하라. 자기의 능력을 지나치게 믿고 만용蠻勇을 부리지 마라. 자기의 장점을 내세워 남의 단점을 들춰내지 마라. 자기가 무능하다고 해서 남의 유능함을 시기하지 마라.

남의 단점은 되도록 덮어주어야 한다. 만일 그것을 들춰내어 남에게 알린다면, 이것은 자기의 단점으로 남의 단점을 공격하는 것이다. 남이 완고하면 잘 타일러 깨우쳐줘야 한다. 만일 성내고 미워한다면 이것은 완고함으로써 완고함을 구제하려는 것이 된다.

人之短處(인지단처)는 要曲爲彌縫(요곡위미봉)이니 如暴而揚之(여폭이양지)하면 是(시)는 以短攻短(이단공단)이요, 人有頑的(인유완적)이어든 要善爲化誨(요선위화회)니 如忿而疾之(여분이질지)하면 是(시)는 以頑濟頑(이완제완)이니라.

주 彌縫 : 덮어줌. 暴而揚之 : 폭로하여 남에게 알림. 化誨 : 가르쳐 깨우침. 忿而疾之 : 성내고 미워함.

해설 누구나 단점을 갖고 있으므로 남의 단점을 덮어주는 아량이 있어야 한다. 만일 이것을 들춰내어 남에게 알린다면 이것은 자기의 단점으로 남의 단점을 공격하는 것이 된다. 또

완고하여 융통성이 없는 사람이 있으면 잘 타일러 깨우쳐주어
야 한다. 만일 그렇지 않고 성내고 미워한다면 이것은 자기도
완고한 주제에 남의 완고함을 깨우치려는 것이다.

122

음흉하게 말이 없는 사람을 만나면 마음을 털어놓지
말고, 화를 잘 내고 잘난 체하는 사람을 만나면 입을
다물라.

遇沈沈不語之士(우침침불어지사)어든 且莫輸心(차막수심)
하고 見悻悻自好之人(견행행자호지인)이어든 應須防口(응수
방구)하라.

주 沈沈 : 음흉하게 말이 없는 모양. 輸心 : 마음을 털어 놓
음. 悻悻 : 간사한 모양, 성을 잘 내는 모양. 自好 : 스스로 잘
난 체함. 防口 : 입을 다뭄.
주 우물쭈물하고 말하지 않는 사람은 음흉하기 짝이 없으

니 흉금을 털어놓지 마라. 또 조금만 비위에 거슬려도 발끈 화를 내고 잘난 체하는 사람과는 입을 다물고 상종하지 마라.

123

마음이 어둡고 산란할 때에 깨달을 줄 알아야 하고, 마음이 긴장되어 있을 때에 풀어놓을 줄을 알아야 한다. 만일 그렇지 않으면 마음의 어두운 병은 고칠지라도 조바심을 하는 괴로움이 다시 찾아들 것이다.

念頭昏散處(염두혼산처)에는 要知提醒(요지제성)하고 念頭喫緊時(염두끽긴시)에는 要知放下(요지방하)니라. 不然(불연)이면 恐去昏昏之病(공거혼혼지병)이라도 又來憧憧之擾矣(우래동동지요의)리라.

주 念頭 : 생각, 마음. 昏散 : 마음이 혼미하고 산란함. 提醒 : 끌어올려 깨우침. 喫緊 : 긴장함. 放下 : 풀어놓음. 昏昏之病 : 마음이 혼미한 병. 憧憧 : 침착하지 못한 모양.

해설 마음이 흩어져 산란할 때에는 정신을 집중시켜 깨달을 줄 알아야 하고, 이와 반대로 지나치게 긴장되어 있을 때에는 마음의 고삐를 풀어놓아 늦출 줄 알아야 한다. 만일 그렇지 못하면 정신이 혼미한 병에서 겨우 벗어나도 곧 초조감에 사로잡히게 된다.

124

맑게 갠 날 푸른 하늘도 갑자기 변하여 우레를 울리고 번개를 치며, 사나운 바람을 몰아치고 억수 같은 비를 내리다가도 별안간 밝은 달, 맑은 하늘로 변하니, 천지의 움직임이 어찌 한결같다고 할 수 있겠는가. 그것은 털끝만한 막힘 때문이니, 하늘의 상태가 어찌 한결같겠는가. 그것은 털끝만한 막힘 때문이니, 사람의 마음 바탕도 이와 같다.

霽日靑天(제일청천)도 倏變爲迅雷震電(숙변위신뢰진전)하며 疾風怒雨(질풍노우)도 倏變爲朗月晴空(숙변위랑월청공)하

나니 氣機何常(기기하상)이리요, 一毫凝滯(일호응체)니 太虛
何常(태허하상)이리요, 一毫障塞(일호장색)이니 人心之體(인
심지체)도 亦當如是(역당여시)로다.

주 霽日 : 갠 날. 迅雷震電 : 심한 우레와 번개. 氣機 : 천지
의 작용. 凝滯 : 막힘. 太虛 : 하늘. 障塞 : 막힘. 人心之體 : 사
람의 마음의 본체.

해설 맑게 갠 푸른 하늘에 갑자기 먹구름이 뒤덮여 우레와
번개가 천지를 진동시키는가 하면, 폭풍우가 휘몰아치던 사
나운 날씨도 금세 개어 달이 환히 비치기도 한다. 이처럼 천지
의 움직임이 한결같지 않은 것은 모두가 조그마한 막힘 때문
이다. 그 막힘이 뚫려 우레와 번개, 폭풍과 폭우가 지나가면
자연 본래의 모습인 푸른 하늘이 나타난다. 사람의 마음도 털
끝만한 막힘으로 희로애락喜怒哀樂이 뒤바뀌지만 그것이 지나
가면, 마치 비가 갠 뒤의 푸른 하늘처럼 깨끗한 본래의 마음으
로 되돌아오게 마련이다.

166

사사로운 욕심을 억제할 경우에 "그것을 빨리 알지 못하면 억제하는 힘을 기르기가 어렵다"고 말하는 사람도 있고, "비록 알았다고 하더라도 참는 힘이 부족하다"고 말하는 사람도 있다. 인식은 악마를 비추는 한 알의 밝은 구슬이요, 힘은 악마를 베는 한 자루의 지혜로운 칼이니, 이 두 가지가 다 있어야 한다.

勝私制欲之功(승사제욕지공)은 有曰(유왈) 識不무(식부조)면 力不易者(역불이자)하고 有曰(유왈) 識得破(식득파)라도 忍不過者(인불과자)하나니 蓋識(개식)은 是一顆照魔的明珠(시일과조마적명주)요, 力(역)은 是一把斬魔的慧劍(시일파참마적혜검)이니 兩不可少也(양불가소야)니라.

주 勝私制欲 : 사욕私欲을 억제함. 力不易 : 억제하는 힘을 기르기가 쉽지 않음. 忍不過 : 참는 힘이 부족함. 一顆 : 한 알. 一把 : 한 자루. 斬魔 : 악마를 베다. 여기서 악마는 사욕을 가리킴. 不可少 : 없어서는 안 됨.

해설 사사로운 욕심을 억제하려면 사사로운 욕심이 무엇인지 빨리 알아야 한다고 주장하는 사람도 있고, 사사로운 욕심을 억제하는 힘을 길러야 한다고 말하는 사람도 있다. 그러나 사사로운 욕심이 무엇인가를 아는 것은 사욕이라는 악마를 비추는 밝은 구슬이요, 억제하는 힘은 그 악마를 베어 죽이는 칼이니, 두 가지가 다 필요하다.

126

남의 속임수를 알면서도 말로 표현하지 않고 남에게 모욕을 당하면서도 얼굴빛에 나타내지 않는다면, 그 가운데 무궁한 뜻이 있으며 또 무궁한 효용이 있다.

覺人之詐(각인지사)라도 不形於言(불형어언)하고 受人之侮(수인지모)라도 不動於色(부동어색)이면 此中(차중)에 有無窮意味(유무궁의미)하며 亦有無窮受用(역유무궁수용)이니라.

주 覺人之詐 : 남의 속임수를 앎. 受人之侮 : 남에게 모욕을
당함. 動於色 : 얼굴빛이 변함. 受用 : 작용, 활용.

해설 남이 나를 속이고 있는 줄 알면서 아무 말도 하지 않
고, 남에게 모욕을 당해도 얼굴빛이 변하지 않는다는 것은 여
간 어려운 일이 아니다. 이러한 태도에는 무한한 품격品格이
있고, 또 무한한 활동을 할 수 있는 힘이 있다.

127

역경과 곤궁은 곧 호걸을 단련하는 하나의 용광로요
망치다. 그 단련을 받으면 몸과 마음이 아울러 유익하
고, 그 단련을 받지 않으면 몸과 마음이 아울러 손해다.

橫逆困窮(횡역곤궁)은 是煅煉豪傑的一副鑪錘(시단련호걸적
일부로추)로 能受其煅煉(능수기단련)이면 則身心交益(즉신심
교익)하고 不受其煅煉(불수기단련)이면 則身心交損(즉신심교
손)이니라.

橫逆 : 역경. 一副 : 한 벌. 鑪錘 : 용광로와 망치. 交益 :
함께 유익함.

해설 역경과 곤궁은 인격을 단련하는 용광로와 쇠망치의
구실을 한다. 이런 단련을 받은 사람은 몸과 마음이 아울러 강
철 같아서 유능한 인물이 될 것이요, 이런 단련을 받지 못한
사람은 몸과 마음이 함께 연약하여 큰일을 하지 못할 것이다.

128

　내 몸은 하나의 작은 천지다. 그러므로 기쁨과 분노
를 절도 있게 하고 좋아하고 싫어함을 알맞게 하면 그
것이 곧 내 몸과 조화를 이루는 공부가 된다.
　천지는 하나의 위대한 부모다. 그러므로 백성에게 원
망이 없게 하고 만물에 병이 없게 하면 이것이 곧 화목
을 이루는 기상이다.

　吾身(오신)은 一小天地也(일소천지야)라 使喜怒不愆(사희로
불건)하고 好惡有則(호오유칙)이면 便是燮理的功夫(변시섭리

적공부)니라.

天地(천지)는 一大父母也(일대부모야)라 使民無怨咨(사민무원자)하고 物無氛疹(물무분진)이면 亦是敦睦的氣象(역시돈목적기상)이니라.

주 不愆 : 잘못하지 않음, 절도가 있음. 燮理 : 조화. 功夫 : 공부. 怨咨 : 원망함. 氛疹 : 병. 敦睦 : 화목함.

해설 우리의 몸은 하나의 소우주다. 우주, 즉 천지에서는 계절의 운행과 풍우한서風雨寒暑의 작용이 모두 일정한 법칙을 따르며 만물을 자라게 한다. 사람도 희로애락喜怒哀樂의 감정을 절도 있게 조정하고, 좋아하고 싫어함을 알맞게 하는 것이 곧 자신을 조화롭게 다스리는 공부가 된다. 또한 천지는 우리를 품에 안아 길러주는 위대한 부모다. 그러므로 한 사람의 원한도 사지 않고 만물에게도 아무런 장해가 없게 한다면 천지는 화목을 이룰 수 있을 것이다.

"남을 해치려는 마음을 가져서는 안 되지만, 남에게 받는 피해를 막으려는 마음을 갖지 않아서도 안 된다"고 하는데, 이것은 생각이 소홀함을 경계한 말이다. 또 "남에게 차라리 속을지언정 남이 속일 것을 앞질러 염려하지 말라"고 하는데, 이것은 지나치게 살펴 손상을 받게 되는 것을 경계한 말이다. 이 두 가지 말을 아울러 명심하면 생각이 맑아지고 덕이 두터워질 것이다.

害人之心(해인지심)은 不可有(불가유)하고 防人之心(방인지심)은 不可無(불가무)라 하니 此(차)는 戒疎於慮也(계소어려야)니라. 寧受人之欺(영수인지기)언정 毋逆人之詐(무역인지사)라 하니 此(차)는 警傷於察也(경상어찰야)니라. 二語並存(이어병존)하면 精明而渾厚矣(정명이혼후의)리라.

주 防人之心 : 남의 해를 막으려는 마음. 疎於慮 : 생각이 소홀함. 逆人之詐 : 남이 속일 것을 미리 추측함. 傷於察 : 지나치게 살펴 자기의 덕을 해침. 精明 : 생각이 정밀하고 맑음.
渾厚 : 덕이 원만함.

해설 남을 해치려고 해서는 물론 안 되지만, 너무 둔한하여
남이 자기를 해치려고 하는데 멍청히 있다면 세상을 살아가기
어려울 것이다. 그렇다고 남을 지나치게 경계하는 눈으로 바
라보면 세상 사람이 모두 도둑으로 보일 것이다. 괜히 의심하
기보다는 차라리 한 번쯤 속임을 당하는 것이 낫지 않은가?
너무 둔한하면 스스로 해를 많이 입고, 너무 경계하면 자기의
덕을 해치게 된다. 이 두 가지 점을 명심하면 생각이 맑아지고
인품이 원만해질 것이다.

130

사람들이 의심한다고 해서 자신의 견해를 굽히지 말
고, 자기의 의견에만 얽매여 남의 말을 물리치지 마라.
작은 은혜에 이끌려 대국大局을 손상시키지 말고, 여론
을 빌려 사사로운 감정을 풀지 마라.

毋因群疑而阻獨見(무인군의이저독견)하고 毋任己意而廢人言(무임기의이폐인언)하며 毋私小惠而傷大體(무사소혜이상대체)하고 毋借公論以快私情(무차공론이쾌사정)하라.

주 獨見 : 자기가 확신하는 견해. 大體 : 대국, 전체.

해설 남이 자기를 신뢰하지 않는다고 해서 자기의 의견을 굽히지 마라. 자기 마음에 들지 않는다고 해서 남의 바른말을 묵살하지 마라. 사사로운 타산 때문에 국가나 사회의 공익을 해치지 말고, 자기의 사사로운 감정을 풀기 위해 여론의 힘을 빌려서는 안 된다. 이 네 가지는 민주 시민의 생활 신조라고 하겠다.

131

착한 사람과 빨리 친해질 수 없거든 미리 그를 칭찬하지 마라. 간악한 사람의 모함이 있을까 두렵다. 악한 사람을 쉽게 멀리할 수 없거든 그 사실을 미리 입 밖에 내지 마라. 뜻밖의 재앙이 닥칠까 두렵다.

善人(선인)을 未能急親(미능급친)이어든 不宜預揚(불의예양)이니 恐來讒譖之奸(공래참잠지간)이요, 惡人(악인)을 未能輕去(미능경거)어든 不宜先發(불의선발)이니 恐招媒孼之禍(공초매얼지화)니라.

주 急親 : 빨리 사귐. 預揚 : 미리 칭찬함. 讒譖 : 참소, 모함. 媒孼 : 죄를 만들어냄. 《한서漢書》에 나옴.

해설 착한 사람을 만나도 가까워지기 전에는 남들에게 그의 칭찬을 하지 마라. 간악한 자들이 질투하여 이간시킬까 두렵다. 또 악한 사람을 쉽사리 멀리할 수 없으면 그 일을 남들에게 미리 발설하지 마라. 이 말이 그의 귀에 들어가 화를 입힐까 두렵다.

132

푸른 하늘에 빛나는 태양처럼 드높은 절개도 어두운 방 한구석에서 길러진 것이요, 천지를 뒤흔드는 뛰어난 경륜도 깊은 연못가에서 살얼음을 밟듯 조심스럽게 마련된 것이다.

　青天白日的節義(청천백일적절의)는 自暗室屋漏中培來(자암
실옥루중배래)하고 旋乾轉坤的經綸(선건전곤적경륜)은 自臨
深履薄處操出(자림심리박처조출)이니라.

　주 屋漏 : 방 안 깊숙한 곳. 원뜻은 집의 서북쪽 구석. 旋乾
轉坤 : 천지를 휘두름. 經綸 : 세상을 다스리는 정책. 臨深履
薄 : 깊은 연못가에서 얇은 얼음을 밟듯이 조심함.《시경詩經》
〈소아小雅〉의 '如臨深淵如履薄氷'에서 나온 말. 操出 : 끌어냄.

　해설 청사靑史에 길이 빛날 높은 절개는 하루아침에 이루어
진 것이 아니라 사람들이 보지 않는 어두운 곳에서 오랜 세월
을 두고 갈고 닦아 길러낸 것이다. 또 위대한 정치가들의 뛰어
난 경륜도 무작정 이루어진 것이 아니라 조심스럽고 면밀한
계획이 뒷받침되어 있는 것이다.

어버이는 사랑하고 자식은 효도하며 형은 우애가 있고 아우는 공경하며 그것이 극진한 경지에까지 이르렀다고 하더라도, 그것은 모두 마땅한 것이니 조금도 감격스러운 마음으로 볼 것이 못 된다. 만일 베푸는 쪽에서 덕으로 자처하고 받는 쪽에서 은혜로 생각한다면, 이것은 길가에서 만난 사람의 관계와 다름이 없으니 곧 장사꾼의 관계가 되고 만다.

父慈子孝(부자자효)하고 兄友弟恭(형우제공)하여 縱做到極處(종주도극처)라도 俱是合當如此(구시합당여차)라 著不得一毫感激的念頭(착부득일호감격적념두)니 如施者任德(여시자임덕)하고 受者懷恩(수자회은)이면 便是路人(변시로인)이니 便成市道(변성시도)니라.

주 做到 : 도달함. 極處 : 지극한 경지. 著不得 : 볼 것이 못 됨. 路人 : 길에서 만난 사람, 타인. 市道 : 장사꾼의 도리, 이해 관계로 성립된 사이.

해설 부모가 자식을 사랑하고 자식이 부모에게 효도하며 형제간에 우애가 있는 것은 모두가 천륜天倫의 도로서, 비록 이것이 극치를 이루었다고 하더라도 조금도 놀라운 일이 못 된다. 그것은 당연한 일이기 때문이다. 만일 사랑한 쪽에서 은덕을 베푼 것으로 생각하고 받은 쪽에서 은혜로 생각한다면 물건을 팔고 사는 장사꾼의 사이로 전락하고 말 것이니, 우연히 길가에서 만난 사람과 무엇이 다르겠는가?

134

아름다움이 있으면 반드시 추함이 있어 맞서게 되는 법이니, 내가 스스로 아름다움을 자랑하지 않는다면 누가 나를 추하다고 말하겠는가? 깨끗함이 있으면 반드시 더러움이 있어 맞서게 되는 법이니, 내가 스스로 깨끗함을 드러내지 않는다면 누가 나를 더럽다고 말하겠는가?

有姸(유연)이면 必有醜(필유추)하여 爲之對(위지대)하나니 我不誇姸(아불과연)이면 誰能醜我(수능추아)리요. 有潔(유결)이면 必有汚(필유오)하여 爲之仇(위지구)하나니 我不好潔(아불호결)이면 誰能汚我(수능오아)리요.

주 誇姸 : 아름다움을 자랑함. 仇 : 원수.

해설 세상에는 아름다움이 있으면 추함이 있고, 깨끗함이 있으면 더러움이 있게 마련이다. 이것들은 각각 상대가 있기 때문에 돋보이게 된다. 그런데 만일 사람이 자기의 장점을 자랑하려고 하지 않는다면 누가 굳이 그 단점을 들춰내려고 하며, 자기의 청렴 결백을 내세우지 않으면 누가 굳이 그의 불의를 끄집어내겠는가?

135

더워졌다 차가워졌다 하는 마음의 변화는 빈천한 사람보다 부귀한 사람이 더욱 심하고, 질투하고 시기하는 마음은 육친이 남보다 더 심한 법이다. 만일 이런 처지에서 냉정한 마음으로 대처하지 않고 가라앉은 마음으로 억제하지 않으면 번뇌 속에 빠지지 않는 날이 없을 것이다.

炎凉之態(염량지태)는 富貴(부귀)가 更甚於貧賤(갱심어빈천)하고 妬忌之心(투기지심)은 骨肉(골육)이 尤狠於外人(우한어외인)이니 此處(차처)에 若不當以冷腸(약부당이냉장)하고 御以平氣(어이평기)하면 鮮不日坐煩惱障中矣(선불일좌번뇌장중의)리라.

해설 조석으로 변하는 것이 인심이다. 이 변화는 가난한 사람보다 부유하고 지위가 높은 사람이 더 심하다. 시기와 질투는 남보다 혈육 사이에 더 심하다. 그러므로 냉정한 마음으로 대응하고 침착한 마음으로 억제해야지, 그렇지 않으면 마음 편할 날이 없다.

공로와 과실을 혼동하지 마라. 이것을 혼동하면 사람들이 게을러질 것이다. 은혜와 원한을 지나치게 밝히지 마라. 이것을 밝히면 사람들이 헤어져 떠나게 될 것이다.

功過(공과)는 不容少混(불용소혼)이니 混則(혼즉) 人懷惰墮之心(인회타타지심)하고 恩仇(은구)는 不可大明(불가대명)이니 明則(명즉) 人起携貳之志(인기휴이지지)니라.

주 功過 : 공로와 과실. 惰墮 : 게으름. 恩仇 : 은혜와 원한. 携貳 : 떠남.

해설 공로에는 상이 돌아오고 과실에는 벌이 따라야 한다. 만일 공로를 세워도 인정받지 못한다면 노력할 의욕을 잃을 것이며, 과실을 범해도 그대로 둔다면 과실을 예사로 범할 것이다. 이와 반대로 은혜와 원한은 너무 밝히지 말아야 한다. 만일 이것을 지나치게 밝혀 은혜 있는 사람만 후대하고 원한 있는 사람을 푸대접하면 그가 등을 돌려 헤어지게 될 것이다.

137

벼슬자리는 너무 높지 말아야 하나니, 너무 높으면
위태롭다. 뛰어난 재주는 다 쓰지 말아야 하나니, 다
쓰면 쇠퇴하게 된다. 행동은 너무 고상하지 말아야 하
나니, 너무 고상하면 비난과 핀잔을 받게 된다.

爵位(작위)는 不宜太盛(불의태성)이니 太盛則危(태성즉위)
하고 能事(능사)는 不宜盡畢(불의진필)이니 盡畢則衰(진필즉
쇠)하며 行誼(행의)는 不宜過高(불의과고)니 過高則(과고즉)
謗興而毁來(방흥이훼래)니라.

주 太盛 : 너무 성함, 지나치게 높음. 能事 : 유능한 일. 盡
畢 : 힘껏 다함. 行誼 : 행동, 도리에 맞는 행위. 過高 : 지나치
게 고상함. 謗興 : 비난이 일어남. 毁來 : 핀잔이 돌아옴.
해설 벼슬은 높이 올라가지 않는 것이 좋다. 높이 올라가면

그만큼 떨어질 위험도 크다. 뛰어난 재주는 다 쓰지 말고 여력을 남겨두는 것이 좋다. 재주를 다 쓰면 한계점에 이르러 쇠퇴하기 시작한다. 일상 생활의 행동이 너무 고상한 것은 좋지 않다. 혼자 고상한 척하면 사람들이 헐뜯게 마련이다.

138

악은 그늘에 숨어 있기를 꺼리고 선은 햇빛에 나타나기를 꺼린다. 그러므로 드러난 악은 재앙이 작고 숨은 악은 재앙이 크며, 드러난 선은 공이 작고 숨은 선은 공이 크다.

惡(악)은 忌陰(기음)하고 善(선)은 忌陽(기양)하나니 故(고)로 惡之顯者(악지현자)는 禍淺(화천)하고 而隱者(이은자)는 禍深(화심)하며 善之顯者(선지현자)는 功小(공소)하고 而隱者(이은자)는 功大(공대)니라.

주 忌陰 : 그늘을 꺼림. 陽 : 볕. 사람들이 보는 곳.

해설 사람들은 남의 눈을 피해 악을 행하지만 그 악은 숨어 있기를 싫어하니 언젠가는 드러나게 마련이다. 그러므로 자기의 잘못을 뉘우치고 이를 인정하면 죄가 작지만, 그 잘못을 숨기고 감싸면 죄가 더 커지게 된다. 또 사람들은 자기가 잘한 일을 남에게 드러내어 자랑하기를 좋아하지만, 그 선한 일 자체는 겉으로 나타나기를 꺼린다. 그러므로 자기의 선행을 남에게 드러낼수록 공은 작아지고 숨길수록 그 공이 커진다.

139

덕德은 재능의 주인이고 재능은 덕의 종이다. 그러므로 재능만 있고 덕이 없는 것은 마치 집안에 주인이 없고 종이 마음대로 일을 처리하는 것과 같다. 그러니 어찌 도깨비가 날뛰지 않겠는가.

德者(덕자)는 才之主(재지주)요, 才者(재자)는 德之奴(덕지노)니 有才無德(유재무덕)은 如家無主而奴用事矣(여가무주이노용사의)라 幾何不魍魎而猖狂(기하불망량이창광)이리요.

주 用事 : 일을 처리함. 魍魎 : 도깨비. 猖 : 마구 날뛰다.

해설 덕은 주인이고 재능은 종이다. 만일 덕이 없고 재능만 있다면 주인 없는 집안에서 종이 마음대로 일을 휘두르는 것과 같으니, 어찌 도깨비가 날뛸 만큼 엉망이 되지 않겠는가!

140

간악奸惡한 무리를 제거하고 아첨하는 소인들을 막으려면 한 가닥 도망칠 길을 열어주어야 한다. 만일 그들로 하여금 몸 붙일 곳이 없게 한다면, 이것은 마치 쥐구멍을 틀어막는 것과 같으니, 도망칠 길을 모두 막는다면 소중한 물건을 다 물어뜯어 버릴 것이다.

鋤奸杜倖(서간두행)에는 要放他一條去路(요방타일조거로)니라. 若使之一無所容(약사지일무소용)이면 譬如塞鼠穴者(비여색서혈자)니 一切去路都塞盡(일체거로도색진)이면 則一切好物俱咬破矣(즉일체호물구교파의)리라.

주 鋤奸 : 간악한 사람을 제거함. 杜倖 : 간사한 사람을 제거함. 去路 : 도망칠 길. 好物 : 좋은 물건. 咬破 : 물어뜯어 못쓰게 함.

해설 간악하고 아첨 잘하는 소인을 제거할 때에는 그들이 뉘우치거나 물러갈 수 있는 여지를 남겨두어야 한다. 하나에서 열까지 몰아세우기만 하면, 오히려 그들은 발악하여 큰 화만 남게 될 것이다.

141

실패의 책임은 남과 같이 나눠 지고 공功은 남과 나눠 갖지 마라. 공을 함께하면 서로 시기하게 될 것이다. 고난은 남과 함께 겪어도 좋으나 안락은 남과 함께 누리지 마라. 안락을 같이하면 서로 원수가 될 것이다.

當與人同過(당여인동과)나 不當與人同功(부당여인동공)이니 同功則相忌(동공즉상기)요, 可與人共患難(가여인공환난)이나 不可與人共安樂(불가여인공안락)이니 安樂則相仇(안락

즉상구)니라.

주 同過 : 잘못의 책임을 나눠 짐. 同功 : 공적을 나누어 누림. 相忌 : 서로 시기함. 相仇 : 서로 원수짐.

해설 일을 하다가 잘못된 책임을 나눠 지는 것은 좋지만 공적을 함께 나눠 가지려고 하면 서로 시기하고 깎아내리려고 할 것이다. 또 고난을 남과 함께하는 것은 좋지만 안락을 함께 누리려고 하면 서로 많이 차지하려고 다투어 나중에는 원수가 될 것이다.

142

선비와 군자는 가난하여 물질로 남을 도와주지는 못하더라도 어리석은 사람이 미혹迷惑에 빠져 있을 때 한마디 말로써 그를 깨우쳐주고, 위급한 처지에 있는 사람을 만났을 때 한마디 말로써 그를 구제해줄 수 있으니, 이 또한 무한한 공덕이라 하겠다.

士君子(사군자)로 貧不能濟物者(빈불능제물자)는 遇人痴迷處(우인치미처)에 出一言提醒之(출일언제성지)하고 遇人急難處(우인급난처)에 出一言解救之(출일언해구지)하나니 亦是無量功德(역시무량공덕)이니라.

주 濟物 : 물질을 나눠주어 구제함. 痴迷 : 어리석어 미혹에 빠져 있음. 提醒 : 이끌어 깨우쳐줌. 功德 : 남을 위한 선행.

해설 학덕이 높은 선비가 가난하여 물질로 남을 도와주지는 못하더라도 무지한 사람이 미혹에 빠져 헤어나지 못할 때 말 한마디로 일깨워줄 수도 있고, 위급한 처지에 있는 사람을 말 한마디로 구해줄 수도 있는 것이다. 이것은 물질적인 도움 이상으로 남을 위해 크게 선행을 한 것이 된다.

143

배고프면 가까이하고 배부르면 떠나며, 따뜻하면 모여들고 추우면 버리는 것이 세상 사람들에게 공통된 마음의 병이다.

饑則附(기즉부)하고 飽則颺(포즉양)하며 煖則趨(욱즉추)하고 寒則棄(한즉기)는 人情通患也(인정통환야)니라.

주 颺 : 날아감, 떠나감. 煖 : 따뜻함. 趨 : 달려옴, 모여듦. 通患 : 공통된 폐단.

해설 세상 사람들은 굶주리면 먹여주는 사람에게 빌붙다가도 배가 부르게 되면 헌신짝처럼 버리고 떠나간다. 이쪽이 부유할 때에는 모여들고 가난해지면 외면하여 거들떠보지도 않는 것이 세상 사람들의 공통된 야박한 인심이다.

144

군자는 마땅히 냉철한 눈을 깨끗이 닦아야 하며, 굳은 신념을 갖고 가볍게 움직이지 말아야 한다.

君子(군자)는 宜淨拭冷眼(의정식랭안)이요, 愼勿輕動剛腸(신물경동강장)이니라.

淨拭 : 깨끗이 닦음. 冷眼 : 냉철한 이지적인 눈. 剛腸 :
굳은 마음, 확고한 신념.

해설 군자는 냉철한 이지적인 눈으로 사물을 관찰해야 하
며, 확고한 신념을 갖추어 경거망동해서는 안 된다.

145

덕은 도량度量을 따라 발전하고 도량은 식견識見에 의
해 자라난다. 그러므로 자기의 덕을 기르려면 불가불
도량을 넓혀야 하고, 도량을 넓히려면 불가불 식견을
키워야 한다.

德隨量進(덕수량진)하고 量由識長(양유식장)하나니 故(고)
로 欲厚其德(욕후기덕)이면 不可不弘其量(불가불홍기량)이
요, 欲弘其量(욕홍기량)이면 不可不大其識(불가부대기식)이
니라.

주 量 : 도량. 識 : 식견.

해설 사람의 덕은 그릇이 넓을수록 높아지고 그릇은 지식과 견문에 따라 넓어진다. 따라서 덕을 기르려면 그릇이 커야 하고 그릇이 크려면 지식과 견문을 넓혀야 한다.

146

외로운 등불이 반딧불처럼 가물거리고 삼라만상이 소리 없이 고요한 밤, 이때가 비로소 우리가 편안히 잠들 때다. 새벽 꿈에서 막 깨어나 만물이 아직 움직이지 않고 있을 때, 이때가 우리가 혼돈 속에서 벗어날 때다. 이때를 틈타 마음의 빛을 밝혀 환히 돌이켜보면, 비로소 이목구비耳目口鼻가 모두 몸을 묶는 수갑이요, 정욕과 기호嗜好가 다 마음을 타락시키는 기계임을 알 수 있을 것이다.

一燈螢然(일등형연)에 萬籟無聲(만뢰무성)은 此吾人初入宴寂時也(차오인초입연적시야)요, 曉夢初醒(효몽초성)에 群動未起(군동미기)는 此吾人初出混沌處也(차오인초출혼돈처야)

라. 乘此而一念廻光(승차이일념회광)하여 烱然返照(형연반조)하면 始知耳目口鼻(시지이목구비)가 皆桎梏(개질곡)이요, 而情欲嗜好(이정욕기호)가 悉機械矣(실기계의)리라.

주 螢然 : 반딧불처럼 희미하게 깜박거림. 萬籟 : 만물의 소리. 宴寂 : 편히 잠들다. 宴은 安의 뜻. 烱然 : 환히 빛남. 桎梏 : 족쇄와 수갑. 손발을 구속하는 도구. 機械 : 마음을 타락시키는 기계라는 뜻.

해설 하루의 일과를 마치고 밤이 깊어 머리맡의 외로운 등불이 가물거리고 만물이 조용해질 때가 비로소 우리가 잠들 때다. 새벽잠에서 막 눈떠 만물이 아직 활동을 개시하기 직전의 고요한 시간이야말로 혼돈의 세계에서 빠져나오는 기쁨의 순간이다. 이런 때를 놓치지 말고 마음의 빛을 안으로 돌려 자신을 비춰보아야 한다. 이때 비로소 이목구비에서 느끼는 감각의 욕구가 모두 자기 몸을 속박하는 오랏줄이요, 정욕과 기호는 모두 마음을 타락하게 하는 장애물임을 분명히 깨닫게 될 것이다.

　자기를 반성하는 사람에게는 닥치는 일마다 모두 약이 되고, 남을 원망하는 사람에게는 일어나는 생각마다 모두 창과 칼이 된다. 하나는 모든 선의 길을 열어 주고 다른 하나는 모든 악의 근원을 이루게 되는 것이니, 그 양자는 하늘과 땅만큼의 거리가 있다.

　反己者(반기자)는 觸事(촉사)가 皆成藥石(개성약석)이요, 尤人者(우인자)는 動念(동념)이 卽是戈矛(즉시과모)니 一以闢衆善之路(일이벽중선지로)하고 一以闢諸惡之源(일이벽제악지원)하나니 相去霄壤矣(상거소양의)니라.

　주 觸事 : 닥치는 일. 藥石 : 약. 尤人 : 남을 원망함. 動念 : 생각이 일어남. 戈矛 : 창. 霄壤 : 하늘과 땅.

　해설 스스로 항상 반성하여 자기의 언행이 도리에 벗어나지 않게 조심하는 사람에게는 모든 일이 그의 덕을 기르는 마음의 양식이 되고, 남을 탓하여 모든 책임을 다른 사람에게 돌리는 사람은 일어나는 생각마다 자기 자신을 해치게 되고 만다. 그러므로 반성은 덕을 기르는 방법이고, 남을 탓하는 것은 악의 샘을 파헤치는 것이 된다. 전자와 후자 사이에는 하늘과 땅만한 거리가 있다.

148

사업과 문장은 몸과 더불어 사라지지만, 정신은 만고에 한결같이 새롭다. 공명과 부귀는 세상을 따라 바뀌지만, 절개는 천 년이 하루 같은 법이다. 그러므로 군자는 저것과 이것을 바꾸지 말아야 한다.

事業文章(사업문장)은 隨身銷毀(수신소훼)로되 而精神(이정신)은 萬古如新(만고여신)이요, 功名富貴(공명부귀)는 逐世轉移(축세전이)로되 而氣節(이기절)은 千載一日(천재일일)이니 君子(군자)는 信不當以彼易此也(신부당이피역차야)니라.

주 銷毀 : 삭고 허물어짐, 없어짐. 逐世 : 세상이 바뀜에 따

194

라. 氣節 : 기개와 절조. 千載 : 천 년. 彼 : 저것. 여기서는 사업문장과 공명부귀. 此 : 이것. 여기서는 정신과 절개.

해설 아무리 훌륭한 사업이나 학문도 그것을 소유한 사람과 함께 죽어가는 일시적인 것일 뿐이나, 위대한 정신은 영원히 불멸하여 날로 새로워진다. 또 재산과 명예는 세상이 바뀜에 따라 변하지만 높은 지조와 절개는 천 년이 지나도 하루같이 새롭다. 그러므로 군자는 일시적인 학문이나 부귀공명에 매혹되어 영원히 위대한 정신과 절개를 잃지 말아야 한다.

149

고기잡이 그물에 기러기가 걸리고, 사마귀가 먹이를 노리니 또 그 뒤에서는 참새가 노리고 있다. 계략 속에 또 계략이 숨어 있고 이변異變 밖에서 또 이변이 일어나니, 지혜와 기교를 어찌 믿을 수 있겠는가.

漁網之設(어망지설)에 鴻則罹其中(홍즉리기중)하고 螳螂之貪(당랑지탐)에 雀又乘其後(작우승기후)하나니 機裡藏機(기

리장기)하고 變外生變(변외생변)이어늘 智巧(지교)를 何足恃
哉(하족시재)리요.

주 螳螂 : 사마귀. 機裡藏機 : 계략 속에 계략이 숨어 있음.
變外生變 : 이변 밖에서 또 뜻하지 않은 이변이 생김. 智巧 :
지혜와 기교.

해설 물고기를 잡으려고 쳐놓은 그물에, 물에 내려앉던 기
러기가 걸리는 수가 있다. 또 여름에 나무에서 울고 있는 매미
를 사마귀가 잡아먹으려고 엿보고 있는데, 그 뒤 나뭇가지에서
는 참새가 사마귀를 잡아먹으려고 노리고 있다. 세상일은 이처
럼 계략 속에 계략이 숨어 있고, 전혀 뜻밖의 이변이 일어나는
가 하면 다시 그 이상의 예기치 않은 이변이 일어난다. 그러니
인간의 작은 지혜와 얄팍한 재주를 어떻게 믿을 수 있겠는가.

150

사람이 되어 한 점의 진실한 생각도 없다면 그는 일
개 허수아비일 뿐이니 하는 일마다 헛될 것이요, 세상

을 살아가는 데 한 가닥 원활한 활동이 없으면 그는 곧
일개 나무인형이니 이르는 곳마다 막힐 것이다.

作人(작인)에 無點眞懇念頭(무점진간념두)면 便成個花子(변
성개화자)리니 事事皆虛(사사개허)하고 涉世(섭세)에 無段圓
活機趣(무단원활기취)면 便是個木人(변시개목인)이니 處處有
碍(처처유애)리라.

주 眞懇 : 참됨. 花子 : 허수아비. 涉世 : 세상을 살아감. 圓
活機趣 : 원활한 활동. 木人 : 장승, 나무인형.
해설 사람으로서 진실성이 없다면 허수아비와 마찬가지이
니 하는 일마다 헛수고를 하게 될 것이다. 또 세상을 살아가는
데 원활한 인간 관계를 맺지 못하면 세워놓은 장승과 같으니
가는 곳마다 충돌하게 될 것이다.

151

물은 물결이 일지 않으면 스스로 조용하고, 거울은

먼지가 끼지 않으면 저절로 밝다. 그러므로 굳이 마음을 맑게 하려고 애쓸 필요가 없다. 흐린 것을 버리면 스스로 맑아질 것이다. 또한 굳이 즐거움을 찾으려 애쓸 필요가 없다. 괴로움을 버리면 저절로 즐거울 것이다.

水不波則自定(수불파즉자정)하고 鑑不翳則自明(감불예즉자명)이라. 故(고)로 心無可淸(심무가청)이니 去其混之者(거기혼지자)면 而淸自現(이청자현)하며 樂不必尋(낙불필심)이니 去其苦之者(거기고지자)면 而樂自存(이락자존)이리라.

주 無可淸 : 억지로 맑게 하려고 애쓸 것이 없음.

해설 물은 본래 고요한 것인데 바람이 불기 때문에 물결이 인다. 거울은 원래 맑은 것인데 먼지가 끼기 때문에 흐려진다. 사람의 마음도 이와 마찬가지다. 그러니 구태여 마음을 깨끗이 하려고 애쓸 것 없다. 흐린 마음만 버리면 저절로 깨끗해질 것이다. 즐거움을 찾아 헤맬 필요도 없다. 괴로움만 버리면 저절로 즐거워질 것이다.

152

한 가지 생각으로써 천지신명의 금계禁戒를 범하고,
한마디 말로 천지의 조화를 깨뜨리며, 한 가지 일이 자
손에게 재앙으로 남는 수가 있다. 가장 경계해야 할 일
이다.

有一念而犯鬼神之禁(유일념이범귀신지금)하고 一言而傷天
地之和(일언이상천지지화)하며 一事而釀子孫之禍者(일사이
양자손지화자)니 最宜切戒(최의절계)라.

주 鬼神 : 천지신명.
해설 세상에서는 사소한 일이 큰 화근이 되어 중대한 결과
를 가져오는 경우가 있다. 생각을 한 번 잘못하여 천지신명의
뜻을 어기는 수도 있고, 한 마디 잘못된 말이 천지 자연의 조
화를 깨는 수도 있으며, 한 번 저지른 잘못이 자손에게까지 화
를 미치게 하는 수도 있다. 그러므로 생각과 말과 행동을 삼가
야 한다.

일을 급히 서두르면 분명하게 되지 않지만 너그럽게
늦추면 저절로 밝혀지는 수가 있다. 그러므로 조급하
게 서둘러 남을 성나게 하지 마라. 사람은 부리려고 하
면 순종하지 않지만 놓아두면 감화를 받는 수가 있다.
그러므로 심하게 부려 그 완고함을 더해주지 마라.

事有急之不白者(사유급지불백자)로되 寬之或自明(관지혹자
명)하나니 毋躁急以速其忿(무조급이속기분)하고 人有操之不
從者(인유조지부종자)로되 縱之或自化(종지혹자화)하나니 毋
操切以益其頑(무조절이익기완)하라.

주 不白 : 명백하지 않음. 速其忿 : 분함을 불러들임, 즉 남
을 성나게 함. 操切 : 심하게 부림.
해설 일을 너무 급하게 서둘러서 밝히려고 해도 밝혀지지
않는 수가 있는 반면, 너그럽게 놓아두면 저절로 밝혀지는 수
가 있다. 그러므로 저절로 밝혀질 일을 급하게 서둘러 상대방

을 성나게 하는 일이 없도록 하라. 또 사람을 심하게 부리면 반감을 일으켜 복종하지 않는다. 오히려 별로 간섭을 하지 않으면 상대방이 감화를 받아 자발적으로 일을 잘하는 수가 있다. 그러므로 너무 엄하게 부려 상대방이 반감을 일으키고 마음이 굳어지는 일이 없도록 하라.

154

절개가 청운을 내려다볼 만하고 문장이 백설보다 높을지라도, 덕성으로 도야하지 않는다면 마침내 혈기의 사사로운 행실이 되고 재주의 말단이 되고 만다.

節義(절의)가 傲青雲(오청운)하고 文章(문장)이 高白雪(고백설)이라도 若不以德性(약불이덕성)으로 陶鎔之(도용지)하면 終爲血氣之私(종위혈기지사)하고 技能之末(기능지말)이니라.

주 靑雲 : 푸른 구름. 여기서는 고관대작을 가리킴. 白雪 : 여기서는 뛰어난 문장을 가리킴. 陶鎔 : 단련, 도야.

높은 절개가 고위고관을 눈 아래로 내려다볼 만하고 그 문장의 재질이 아무리 뛰어나다 할지라도 덕성으로 갈고 닦은 것이 아니라면, 결국 그 절개는 한낱 혈기에서 나온 만용에 불과하며 그 문장은 잔재주에 지나지 않는다.

155

일을 그만두고 물러서려거든 전성기에 해야 하고, 몸을 두려거든 홀로 처진 자리를 차지하라.

謝事(사사)는 當謝於正盛之時(당사어정성지시)하고 居身(거신)은 宜居於獨後之地(의거어독후지지)하라.

주 謝事 : 일을 그만두고 물러남. 正盛 : 전성.
해설 벼슬에서 물러나 은퇴할 때에는 전성기를 택하라. 그래야 자기도 명예롭고 남들도 애석하게 여길 것이다. 또 자기가 몸담아 있을 자리는 남보다 뒤진 자리를 차지하라. 그러면 남과 다툴 필요도 없고 남의 침해를 받을 우려도 없어 마음이 편할 것이다.

156

덕을 삼가 이루려거든 작은 일에서 조심하고, 은혜를
베풀려거든 보답할 수 없는 사람에게 하라.

謹德(근덕)은 須謹於至微之事(수근어지미지사)하고 施恩(시
은)은 務施於不報之人(무시어불보지인)하라.

주 謹德 : 덕을 삼감. 至微之事 : 매우 사소한 일.
해설 누구나 큰일에는 신중을 기하지만 작은 일에는 소홀
하기 쉽다. 그러나 작은 일까지 빈틈없이 잘해내야 참으로 덕
을 이룬 사람이다. 또 보답을 기대하고 은혜를 베풂은 장사꾼
의 행위에 지나지 않는다. 보답을 바라지 않고 베풀어야 진정
한 은혜다.

거리의 사람을 사귀는 것은 산골 늙은이를 사귀는 것만 못하고, 고관의 집에 가서 굽실거리는 것은 오두막에 안주하는 것만 못하며, 거리에 떠도는 말을 듣는 것은 나무꾼과 목동의 노래를 듣는 것만 못하고, 지금 사람들의 부덕과 그릇된 행실을 말하는 것은 옛사람의 바른 말과 아름다운 행실을 이야기하는 것만 못하다.

交市人(교시인)은 不如友山翁(불여우산옹)하고 謁朱門(알주문)은 不如親白屋(불여친백옥)하며 聽街談巷語(청가담항어)는 不如聞樵歌牧詠(불여문초가목영)하고 談今人失德過擧(담금인실덕과거)는 不如述古人嘉言懿行(불여술고인가언의행)이니라.

주 市人 : 거리의 사람. 山翁 : 산골 늙은이. 謁 : 절하고 뵘. 朱門 : 고관의 집. 옛날 고관의 집이 대문을 붉게 칠한 데서 온 말. 白屋 : 오두막. 街談巷語 : 거리에 떠도는 소문. 樵歌牧

詠 : 나무꾼과 목동의 노래. 過擧 : 그릇된 행실. 嘉言懿行 :
아름다운 말과 행실.

해설 타산에 밝은 장돌뱅이들과 사귀기보다는 순박한 시골
늙은이와 사귀는 편이 낫고, 작은 이권利權을 얻기 위해 고관
의 집에 굽실거리기보다는 오두막에서 청빈에 안주하는 편이
나으며, 거리의 뜬소문에 귀를 기울이기보다는 순박한 나무
꾼과 목동의 노래를 듣는 편이 낫고, 요즈음 사람들의 부덕에
대해 지껄이기보다는 옛 성현들의 어진 언동에 대해 이야기하
는 편이 낫다.

158

덕은 사업의 토대다. 토대가 튼튼하지 않은데도 그
집이 오래가는 법은 없느니라.

德者(덕자)는 事業之基(사업지기)니 未有基不固而棟宇堅久
者(미유기불고이동우견구자)니라.

주 棟宇 : 기둥과 집. 堅久 : 견고하고 오래감.

해설 덕행은 모든 사업의 기초다. 기초가 흔들리는 건물은 튼튼하게 설 수 없다. 덕의 밑받침이 없는 사업은 오래가지 못한다.

159

마음은 자손을 위한 뿌리다. 뿌리를 심지 않고도 그 가지와 잎이 무성한 일은 지금까지 없었느니라.

心者(심자)는 後裔之根(후예지근)이니 未有根不植而枝葉榮茂者(미유근불식이기엽영무자)니라.

주 後裔 : 후손. 榮茂 : 번창하고 무성함.

해설 우리의 마음가짐은 자손이 번영하는 뿌리다. 뿌리를 심지 않으면 가지와 잎사귀가 잘 자라지 못한다. 그러므로 자손이 번영하기를 바란다면 마음을 바로 가져 덕을 쌓기에 힘써야 한다.

옛사람이 이르기를 "자기 집의 무진장한 재산을 버려
두고 쪽박을 차고 이집 저집 돌아다니면서 거지 흉내
를 낸다"고 했다. 또 이르기를 "벼락부자가 된 가난뱅
이들아, 꿈 같은 이야기는 그만두어라. 뉘 집 부엌인들
연기가 나지 않겠는가!" 했다. 하나는 스스로의 소유에
어두운 것을 경계한 말이고, 또 하나는 스스로의 소유
를 자랑하는 것을 깨우쳐주는 말이다. 도를 배움에 간
절한 훈계로 삼아야 할 것이다.

前人(전인)이 云(운)하되 拋却自家無盡藏(포각자가무진장)
하고 沿門持鉢效貧兒(연문지발효빈아)라 하고 又云(우운)하
되 暴富貧兒休說夢(폭부빈아휴설몽)하라 誰家竈裡火無烟(수
가조리화무연)이리요 하니, 一箴自昧所有(일잠자매소유)요
一箴自誇所有(일잠자과소유)하니 可爲學問切戒(가위학문절
계)니라.

주 前人 : 명나라 유학자 왕양명王陽明(1472~1528)을 말함. 抛
却 : 내버림. 無盡藏 : 한없이 쓸 수 있는 재산. 沿門 : 남의 집
대문을 찾아다님. 貧兒 : 거지. 暴富 : 벼락부자. 竈裡 : 부엌
안. 切戒 : 간절한 훈계.

해설 자기도 성인이 될 많은 소질을 갖고 있으면서 그것을
모르고 남에게서 구하려고 하는 것은 부유한 자기 집을 버려
두고 구걸하러 다니는 것과 같다. 또 가난뱅이는 갑자기 부자
가 되면 이 꿈 같은 이야기를 사람마다 붙잡고 자랑한다. 그러
나 어느 집 굴뚝에서도 연기는 피어오른다. 누구나 하루에 밥
세 끼 먹기는 마찬가지인 것이다. 자기가 소유한 것에 어두워
이것을 알지 못하고 한눈을 팔거나 자기 소유를 나에게 자랑
하는 것 모두 어리석은 것이다. 학문을 하여 덕을 쌓는 사람이
명심해야 할 말이다.

161

도道는 공중의 것이니 사람마다 이끌어 행하게 하라.
학문은 날마다 먹는 밥과 같은 것이니 일마다 깨달아

삼가게 하라.

道(도)는 是一重公衆物事(시일중공중물사)니 當隨人而接引
(당수인이접인)이요, 學(학)은 是一個尋常家飯(시일개심상가
반)이니 當隨事而警惕(당수사이경척)이니라.

주 一重 : 일종. 隨人 : 사람마다. 接引 : 끌어당김. 尋常家
飯 : 날마다 집에서 먹는 밥. 警惕 : 깨달아 조심함.

해설 도덕은 성인 군자만이 행하는 것이 아니라 누구나 지
켜야 하므로 사람마다 바른길로 이끌어 행하게 해야 한다. 학
문은 이론에 그치는 것이 아니다. 날마다 먹는 음식처럼 생활
에 꼭 필요한 것이다. 그러므로 일상 생활에서 일어나는 모든
일을 그르치지 않도록 신중을 기해야 한다.

162

남을 믿는 사람은 남이 반드시 성실해서가 아니라 자
기 스스로 성실하기 때문이며, 남을 의심하는 사람은

남이 반드시 속여서가 아니라 자기가 먼저 속이기 때문이다.

　信人者(신인자)는 人未必盡誠(인미필진성)이나 己則獨誠矣(기즉독성의)요, 疑人者(의인자)는 人未必皆詐(인미필개사)나 己則先詐矣(기즉선사의)니라.

　주 未必 : 반드시 ~한 것은 아님.
　해설 세상에 불성실한 사람이 많은데도 남을 믿는 것은 바로 자기가 성실하기 때문이며, 세상에 성실한 사람이 많은데도 남을 의심하는 것은 바로 자기가 성실하지 못하기 때문이다.

163

　소견이 너그러운 사람은 마치 봄바람이 품어 키워주는 것과 같아서 만물이 그를 만나면 살아난다. 시기심이 많고 각박한 사람은 마치 북풍한설이 얼어붙게 하는 것 같아서 만물이 그를 만나면 죽고 만다.

念頭寬厚的(염두관후적)은 如春風煦育(여춘풍후육)하여 萬
物(만물)이 遭之而生(조지이생)하고 念頭忌刻的(염두기각적)
은 如朔雪陰凝(여삭설음응)하여 萬物(만물)이 遭之而死(조지
이사)니라.

주 寬厚 : 너그럽고 후함. 煦育 : 품어서 기름. 忌刻 : 시기
하고 각박함. 朔雪 : 북쪽의 눈. 陰凝 : 음산하여 얼어붙음.

해설 마음이 너그러운 사람은 마치 봄바람이 초목을 자라
게 하는 것과 같아서, 그를 만나면 만물이 생기를 얻어 살아난
다. 마음이 비좁은 사람은 마치 겨울철에 눈과 얼음이 초목을
얼어붙게 하는 것과 같아서, 그를 만나면 만물이 생기를 잃고
위축된다.

164

착한 일을 하여도 그 이득이 보이지 않는 것은 마치

풀 속의 동아와 같아서 모르는 가운데 절로 자라나고, 악한 일을 하여도 그 손실이 보이지 않는 것은 마치 뜰 앞의 봄눈 같아서 반드시 모르는 사이에 녹아 없어지고 만다.

爲善(위선)에 不見其益(불견기익)이나 如草裡東瓜(여초리동과)하여 自應暗長(자응암장)하고 爲惡(위악)에 不見其損(불견기손)이나 如庭前春雪(여정전춘설)하여 當必潛消(당필잠소)니라.

주 東瓜 : 동아(冬瓜). 박과에 딸린 한해살이 풀. 暗長 : 모르는 사이에 자람. 潛消 : 모르는 사이에 사라짐.

해설 선행은 그 성과가 눈에 보이지 않더라도 행한 사람의 인격 속에서 덕으로 자라게 된다. 악행은 그 해독이 눈에 뜨이지 않더라도 인격을 해치는 독소가 되어 사람을 멸망시킨다.

옛 친구를 만나면 우정을 더욱 새롭게 해야 하고, 은 밀한 일을 당하면 마음을 더욱 뚜렷이 드러내야 하며, 불운한 사람을 만나면 은혜와 대우를 더욱 후하게 해야 한다.

遇故舊之交(우고구지교)어든 意氣要愈新(의기요유신)하고 處隱微之事(처은미지사)어든 心迹宜愈顯(심적의유현)하며 待衰朽之人(대쇠후지인)이어든 恩禮當愈隆(은 당유륭)이니라.

주 故舊之交 : 옛 친구. 意氣 : 여기서는 우정을 말함. 隱微 之事 : 은밀한 일. 心迹 : 마음가짐. 愈顯 : 더욱 분명히 나타 냄. 衰朽之人 : 운수가 쇠한 사람. 恩禮 : 은혜와 대우.

해설 정든 옛 친구를 만나면 우정을 더욱 두텁게 하고, 은 밀한 일을 당하거든 어물거리지 말고 자기의 태도를 분명히 하라. 또 불우한 처지에 있는 사람은 더욱 극진히 대접하라.

부지런하다는 것은 덕과 의리에 민첩함을 말하는
데, 세상 사람들은 부지런함을 빌려 자기의 가난을
구제한다. 또 검소하다는 것은 재물과 이익에 냉담함
을 말하는데, 세상 사람들은 검소를 빌려서 자기의
인색함을 꾸민다. 군자의 몸을 닦는 방법이 도리어
소인배들의 사리사욕을 채우는 도구가 되어 있으니
애석한 일이다.

勤者(근자)는 敏於德義(민어덕의)어늘 而世人(이세인)은 借
勤以濟其貧(차근이제기빈)하고 儉者(검자)는 淡於貨利(담어
화리)어늘 而世人(이세인)은 假儉以飾其吝(가검이식기린)하
나니 君子持身之符(군자지신지부)가 反爲小人營私之具矣(반
위소인영사지구의)라 惜哉(석재)로다.

주 德義 : 도덕과 의리. 借勤 : 근면을 악용함. 貨利 : 재물
과 이익. 持身 : 몸가짐. 營私 : 사리사욕을 꾀함.

해설 근면이란 본래 덕과 의리를 지키기에 부지런한 것을 말하는데, 세상 사람들은 가난에서 벗어나 재산을 모으는 것을 근면이라고 한다. 또 검약은 본래 재물이나 이권을 탐내지 않는 것인데, 세상 사람들은 자기 재물에 인색한 것을 검약이라고 말한다. 근면과 검약은 군자의 예요 도리인데, 애석하게도 소인이 자기의 사리사욕을 채우는 도구로 이용되고 있다.

167

생각나는 대로 시작하는 일은 시작하자마자 곧 멈추게 되니 어찌 쉬지 않고 굴러가는 수레바퀴일 수 있으랴! 또한 감정적인 인식으로 깨닫는 것은 깨닫자마자 곧 흐려지게 되니 항상 밝은 등불은 되지 못한다.

憑意興作爲者(빙의흥작위자)는 隨作則隨止(수작즉수지)하니 豈是不退之輪(기시불퇴지륜)이리요, 從情識解悟者(종정식해오자)는 有悟則有迷(유오즉유미)하나니 終非常明之燈(종비상명지등)이니라.

주 意興 : 즉흥적인 생각. 作爲 : 일을 함. 情識 : 감정에서 얻는 일시적인 지식. 解悟 : 도를 깨달음. 常明之燈 : 영원히 빛나는 밝은 지혜.

해설 충분히 생각하고 면밀한 계획을 세워 일에 착수해야 쉬지 않고 굴러가는 수레바퀴처럼 일이 순조롭게 잘 진행되며, 일시적인 생각에서 시작하는 일은 오래 계속되지 못한다. 또 순간적인 감정에서 얻는 지혜는 깨닫는 듯하다가는 곧 혼미해지니 마음을 환히 비추는 등불은 되지 못한다.

168

남의 잘못은 용서하되 내 잘못은 용서하지 말고, 나의 곤욕은 참되 남의 곤욕은 구제해주어라.

人之過誤(인지과오)는 宜恕(의서)로되 而在己則不可恕(이재기즉불가서)요, 己之困辱(기지곤욕)은 當忍(당인)이로되 而在人則不可忍(이재인즉불가인)이니라.

주 困辱 : 곤궁과 굴욕. 不可忍 : 참아서는 안 됨.

해설 남의 잘못은 너그럽게 용서해야 하지만, 자신의 잘못
은 깊이 뉘우쳐 다시는 잘못을 되풀이하지 말아야 한다. 또 남
이 곤궁한 처지에 있으면 도와줘야 하지만 자신의 곤궁은 참
고 견디어야 한다.

169

세속을 벗어나면 기인이다. 일부러 기이함을 숭상하
는 사람은 기인이 되지 못하고 괴이한 자가 되고 만다.
더러움에 섞이지 않으면 청렴하다. 세속과 인연을 끊
고 청렴을 구하면 청렴한 사람이 아니라 과격한 자가
되고 만다.

能脫俗(능탈속)하면 便是奇(변시기)니 作意尙奇者(작의상기
자)는 不爲奇而爲異(불위기이위이)하고 不合汚(불합오)하면
便是淸(변시청)이니 絶俗求淸者(절속구청자)는 不爲淸而爲激
(불위청이위격)이니라.

주 脫俗 : 세속을 벗어남. 合汚 : 혼탁한 세상과 어울림.

해설 명리名利를 탐내는 세속의 풍조에서 벗어날 수 있는 사람이라면 기인이다. 일부러 기행奇行을 숭상하는 것은 단지 가학에 지나지 않는다. 또 혼탁한 세상의 더러움에 섞이지 않으면 청렴 결백한 사람이다. 세속과 인연을 끊고 홀로 도도한 체하는 것은 청렴 결백이 아니라 과격한 행동이다.

170

은혜는 엷은 데서 짙은 데로 나아가야 한다. 만일 먼저 짙고 나중에 엷으면 사람들은 그 은혜를 잊어버린다. 위엄은 엄한 데서부터 너그러운 데로 나아가야 한다. 만일 먼저 너그럽고 나중에 엄하면 사람들로부터 혹독하다는 원망을 듣게 된다.

恩宜自淡而濃(은의자담이농)이니 先濃後淡者(선농후담자)는 人忘其惠(인망기혜)하고 威宜自嚴而寬(위의자엄이관)이니 先寬後嚴者(선관후엄자)는 人怨其酷(인원기혹)이니라.

주 淡濃 : 엷고 짙음, 박하고 후함. 嚴寬 : 엄하고 너그러움.

해설 남에게 은혜를 베풀 때에는 처음에는 박하다가 차츰 후하게 해야 한다. 만일 처음에 후하고 나중에 박하면 상대방은 후한 은혜까지도 잊어버리게 된다. 또 남에게 위엄을 보일 때에는 처음에 엄격하고 차츰 너그러워야 한다. 처음에 너그럽게 대하다가 나중에 엄격하면 사람들이 가혹하다고 원망할 것이다.

171

마음이 비어 있으면 본성이 나타나게 마련이다. 마음을 계속 움직이면서 본성을 보려고 하는 것은 마치 물결을 헤치면서 달을 찾는 것과 같다. 뜻이 맑으면 마음이 맑아지게 마련이다. 뜻을 밝게 하지 않고 마음이 밝기를 바라는 것은 마치 거울을 찾으면서 먼지를 더 일으키는 것과 같다.

心虛則性現(심허즉성현)하나니 不息心而求見性(불식심이구

견성)은 如撥波覓月(여발파멱월)이요, 意淨則心淸(의정즉심청)하나니 不了意而求明心(불료의이구명심)은 如索鏡增塵(여색경증진)이니라.

주 撥波 : 물결을 헤침. 覓月 : 달을 찾음. 了意 : 뜻을 밝게 함. 索鏡 : 거울의 밝은 빛을 찾음.

해설 세속의 명리名利에서 벗어나 담담한 상태에 이르면 본성은 저절로 나타나게 마련이다. 그런데 마음으로는 여전히 세속의 명리를 추구하면서도 본성을 보려고 하는 것은 마치 물결 위의 달을 더욱 똑똑히 보려고 물결을 헤쳐 달의 모습까지도 흐트러뜨리는 것과 같다. 또 생각이 깨끗하면 마음은 저절로 깨끗해지게 마련이다. 그런데 생각은 여전히 세속의 부귀와 영화를 추구하여 어지러우면서 마음이 깨끗하기를 바라는 것은 마치 깨끗한 거울에 비춰보려고 하면서 더욱 먼지를 일으키는 것과 같다.

172

　내가 귀하여 남들이 나를 받드는 것은 높은 관冠과 큰 띠를 받드는 것이요, 내가 천하여 남들이 나를 업신여기는 것은 이 베옷과 짚신을 업신여기는 것이다. 그러니 본래의 나를 받드는 것이 아닌데 어찌 내가 기뻐하며, 본래의 나를 업신여기는 것이 아닌데 어찌 내가 화를 내겠는가!

　我貴而人奉之(아귀이인봉지)는 奉此峨冠大帶也(봉차아관대대야)요, 我賤而人侮之(아천이인모지)는 侮此布衣草履也(모차포의초리야)니라. 然則原非奉我(연즉원비봉아)니 我胡爲喜(아호위희)며 原非侮我(원비모아)니 我胡爲怒(아호위노)리요.

　주 峨冠大帶 : 높은 관과 큰 띠. 고관의 예복. 布衣草履 : 베옷과 짚신.
　해설 내가 높은 벼슬에 있다고 해서 세상 사람들이 나를 받든다면, 이것은 내 관직을 받드는 것이지 내 인격을 존경하는 것이 아니다. 그러니 내가 어찌 기뻐할 수 있겠는가! 또 내가 가난하고 천하다고 세상 사람들이 나를 멸시한다면 이것은 나의 초라한 차림을 무시하는 것이지 내 인격을 무시하는 것은 아니다. 그러니 내가 어찌 화를 낼 수 있겠는가!

173

"쥐를 위해 언제나 밥을 남겨두고, 부나비를 가엾게 여겨 등불을 켜지 않는다" 했으니, 옛사람의 이런 생각은 우리 인간을 생장하게 하는 기틀이다. 이것이 없다면 흙이나 나무와 같은 형체일 따름이다.

爲鼠常留飯(위서상류반)하고 憐蛾不點燈(연아부점등)이라 하니 古人此等念頭(고인차등념두)는 是吾人一點生生之機(시오인일점생생지기)라. 無此(무차)면 便所謂土木形骸而已(변소위토목형해이이)니라.

주 憐蛾 : 나방을 가엾게 여김. 點燈 : 등불을 켬. 生生之

222

機 : 나고 자라게 하는 작용. 土木形骸 : 흙이나 나무와 같은
형체.

해설 옛사람이 말하기를 "쥐를 위해 밥을 먹다 남겨두고,
부나비가 타죽는 것이 가엾어서 등불을 켜지 않는다"고 했다.
이처럼 미물微物에게까지 미치는 자비심이야말로 인간으로
하여금 정신적으로 성장하게 한다. 만일 인간에게 이런 자비
심이 없다면 목석木石이나 다름이 없을 것이다.

174

마음의 본체는 천체와 같다. 인간의 기뻐하는 마음은
별과 상서로운 구름이요, 성내는 마음은 진동하는 우
레와 사나운 폭우요, 인자한 마음은 온화한 바람과 단
이슬이요, 엄격한 마음은 여름 햇볕과 가을 무서리니,
어느 것이나 없어서는 안 된다. 다만 때에 따라 일어나
고 때에 따라 사라져 텅 비어 막히지 말아야 하나니,
이것이 곧 하늘과 한 몸이 되는 길이다.

心體(심체)는 便是天體(변시천체)라. 一念之喜(일념지희)는 景星慶雲(경성경운)이요, 一念之怒(일념지노)는 震雷暴雨(진뢰폭우)요, 一念之慈(일념지자)는 和風甘露(화풍감로)요, 一念之嚴(일념지엄)은 烈日秋霜(열일추상)이니 何者少得(하자소득)이리요. 只要隨起隨滅(지요수기수멸)하여 廓然無碍(확연무애)하나니 便與太虛同體(변여태허동체)니라.

주 心體 : 마음의 본체. 景星 : 빛나는 별. 慶雲 : 상서로운 구름. 震雷 : 진동하는 우레. 烈日 : 뜨거운 햇볕. 廓然 : 텅 비어 있음. 無碍 : 거리낌이 없음. 太虛 : 큰 하늘, 광대무변한 우주.

해설 사람의 마음과 우주의 정신은 본래 하나다. 기뻐하는 것은 별과 구름, 성내는 것은 우레와 폭우, 인자한 것은 산들바람과 단 이슬, 엄격한 것은 뜨거운 햇볕이나 서릿발과 통한다. 사람의 마음속에서 우주의 여러 가지 현상이 모두 일어난다. 그것이 일어날 때나 사라질 때 마음에 전혀 거리끼는 것이 없으면, 그의 마음은 위대한 우주와 일치되어 있다고 할 수 있다.

일이 없으면 마음이 어두워지기 쉬우니 고요한 가운데 밝은 지혜로 비춰야 하고, 일이 있으면 마음이 흩어지기 쉬우니 마음을 밝게 하여 고요함에 주로 힘써야 한다.

無事時(무사시)에는 心易昏冥(심이혼명)이니 宜寂寂而照以惺惺(의적적이조이성성)하고 有事時(유사시)에는 心易奔逸(심이분일)이니 宜惺惺而主以寂寂(의성성이주이적적)이니라.

주 昏冥 : 혼미함. 寂寂 : 침착하여 고요함. 惺惺 : 마음이 밝고 맑은 모양. 奔逸 : 달아나 흩어짐.

해설 하는 일이 없고 한가할 때에는 긴장이 풀려 마음이 어두워지기 쉽다. 그러므로 조용한 가운데 밝은 지혜로 사물을 비춰봐야 한다. 반대로 일이 많아 바쁠 때에는 갈피를 잡지 못해 마음이 산란해지기 쉽다. 그러므로 이럴 때에는 지혜의 빛으로 마음을 밝혀 침착해야 한다.

일을 의논하는 사람은 그 일 밖에서 이해의 실정을 다 살펴야 하며, 일을 맡은 사람은 그 일 안에서 이해에 대한 생각을 잊어야 한다.

議事者(의사자)는 身在事外(신재사외)하여 宜悉利害之情(의실리해지정)이요, 任事者(임사자)는 身居事中(신거사중)하여 當忘利害之慮(당망리해지려)니라.

주 議事 : 일을 논의함. 任事 : 일을 맡음.

해설 남의 일에 대해 의논의 상대가 된 사람은 그 일에 대해 객관적으로 냉철히 이해 득실을 따져야 한다. 그러나 그 일을 맡은 사람은 그 결과나 이해에 얽매이지 말고 밀고 나가야 한다.

군자가 권세 있는 높은 지위에 올랐을 때에는 몸가짐을 엄정히 하고 마음을 화평하게 가져야 하며, 조금이라도 탐욕스러운 무리는 가까이하지 말고, 또 과격하여 독침을 가진 자를 건드리는 일이 없어야 한다.

士君子(사군자)가 處權門要路(처권문요로)이면 操履要嚴明(조리요엄명)하고 心氣要和易(심기요화이)하며 毋少隨而近腥羶之黨(무소수이근성전지당)하고 亦毋過激而犯蜂蠆之毒(역무과격이범봉채지독)이니라.

주 士君子 : 학문이 깊고 덕이 높은 선비. 權門 : 권세 있는 집안. 要路 : 중요한 벼슬자리. 操履 : 행실, 언행. 嚴明 : 엄정하고 공명함. 和易 : 온화하고 평이함. 腥羶 : 비린내. 탐욕스러운 것을 뜻함. 蜂蠆 : 벌과 전갈로 모두 독침이 있다.

해설 학문과 덕망이 뛰어난 선비는 높은 벼슬에 올라도 행실을 공명정대하게 하고 마음을 온화하게 가져 누구에게나 친근감을 주어야 한다. 또 사리사욕을 채우려는 무리들을 가까이하지 말아야 하고, 과격하게 소인배들을 공격하여 그들의 독침에 피해를 입는 일이 없도록 조심해야 한다.

178

절개와 의리義理를 내세우는 사람은 절개와 의리 때문에 비난을 받고, 도덕과 학문을 내세우는 사람은 도덕과 학문 때문에 원망을 듣는다. 그러므로 군자는 악한 일을 가까이하지 않을 뿐만 아니라 자기의 명성도 내세우지 않나니, 오직 원만한 화기和氣만이 몸을 보전하는 보배가 된다.

標節義者(표절의자)는 必以節義受謗(필이절의수방)하고 榜道學者(방도학자)는 常因道學招尤(상인도학초우)하나니 故(고)로 君子(군자)는 不近惡事(불근악사)하고 亦不立善名(역불립선명)하나니 只渾然和氣(지혼연화기)가 纔是居身之珍(재시거신지진)이니라.

주　道學 : 여기서는 도덕을 주로 하는 학문. 招尤 : 원망을
불러들임. 善名 : 명예. 渾然 : 잘 뒤섞인 모양, 원만함.

해설　절개와 의리를 겉으로 내세우는 사람이 내세운 만큼
의 절개와 의리가 없으면 비난받게 마련이다. 도덕과 학문을
겉으로 내세우는 사람이 내세운 만큼의 도덕과 학문이 없으면
남의 손가락질을 받게 마련이다. 그러므로 군자는 이런 어리
석은 짓을 하지 않을 뿐더러 자기의 명예를 내세우려고도 하
지 않는다. 군자는 마음의 평안을 유지하는 것을 처세의 도로
삼고 있다.

179

속이는 사람을 만나거든 정성껏 그를 감동시키고, 포
악한 사람을 만나거든 온화한 마음으로 감화시키며,
마음이 비뚤어져 사욕에 눈이 어두운 사람을 만나거든
정의와 기절氣節로 격려하라. 이렇게 하면 하늘 아래
나의 도야 속으로 들어오지 않는 사람이 없을 것이다.

遇欺詐的人(우기사적인)이어든 以誠心感動之(이성심감동지)하고 遇暴戾的人(우폭려적인)이어든 以和氣薰蒸之(이화기훈증지)하며 遇傾邪私曲的人(우경사사곡적인)이어든 以名義氣節激礪之(이명의기절격려지)하면 天下(천하)에 無不入我陶冶中矣(무불입아도야중의)니라.

주 欺詐 : 속임과 거짓 . 暴戾 : 포악하여 도리에 어긋남. 薰蒸 : 감화, 향을 피워 냄새를 사라지게 함. 傾邪私曲 : 마음이 간악하고 사리사욕을 탐냄. 激礪 : 격려하여 깨닫게 함. 陶冶 : 감화시켜 기름.

해설 남을 잘 속이는 사람을 만나면 진심으로 감동시키고, 난폭한 사람은 따뜻한 마음으로 감화시키며, 마음이 비뚤어져 사리사욕에 빠진 자에게는 정의와 절개로 절제하게 하는 것이 좋다. 이렇게 하면 아무리 악한 사람이라도 모두 바른길로 인도할 수 있을 것이다.

180

조그마한 자비심도 능히 천지 사이에 온화한 기운을 빚어내며, 한 치의 결백도 가히 꽃다운 이름을 백대百 代에 전할 것이다.

一念慈祥(일념자상)은 可以醞釀兩間和氣(가이온양량간화 기)요, 寸心潔白(촌심결백)은 可以昭垂百代淸芬(가이소수백 대청분)이니라.

주 慈祥 : 자비심. 醞釀 : 술을 빚다. 兩間 : 천지 사이. 寸 心 : 마음. 昭垂 : 밝게 드리움. 淸芬 : 맑은 향기, 꽃다운 이름.
해설 한 사람의 자비심이 널리 퍼져 온 누리를 화기로 가득 채울 수도 있고, 사소한 청렴 결백한 행위가 길이 백대까지 그 맑은 이름을 빛나게 할 수도 있다.

음흉한 계략과 괴이한 습관, 이상한 행동과 기이한
능력은 모두 세상을 살아가는 데 재앙의 씨앗이 되는
법이다. 오직 평범한 덕행만이 혼돈을 바로잡아 화평
을 가져올 수 있다.

陰謀怪習(음모괴습)과 異行奇能(이행기능)은 俱是涉世的禍
胎(구시섭세적화태)니 只一個庸德庸行(지일개용덕용행)이 便
可以完混沌而召平和(변가이완혼돈이소화평)이니라.

주 涉世 : 세상을 살아감. 禍胎 : 재앙의 근본. 庸德庸行 :
평범한 덕행.

해설 권모술수, 괴이한 습관, 이상한 행동, 기이한 능력. 이
런 것들은 모두 일시적으로 사람을 놀라게 하지만 재앙의 원
인이 된다. 오직 평범한 덕과 행동만이 혼미에서 벗어나 평화
롭게 살 수 있게 한다.

옛말에 이르기를 "산에 오르면 험한 비탈길을 견디어 내고 눈을 밟거든 위험한 다리를 견디어 내라" 하였으니, 이 '견딜 내耐' 한 글자는 깊은 뜻을 지니고 있다. 비뚤어지고 험한 인정과 울퉁불퉁한 세상길을, 만일 이 '내耐'자 한 글자에 지탱하여 나가지 않는다면, 어찌 가시덤불과 구렁텅이에 빠지지 않을 수 있겠는가!

語(어)에 云(운)하되 登山耐側路(등산내측로)하고 踏雪耐危橋(답설내위교)라 하니 一耐字(일내자)는 極有意味(극유의미)로다. 如傾險之人情(여경험지인정)과 坎坷之世道(감가지세도)에 若不得一耐字(약부득일내자)하여 撑持過去(탱지과거)면 幾何不墮入榛莽坑塹哉(기하불타입진망갱참재)리요.

주 側路 : 비탈진 험한 길. 傾險 : 마음이 비뚤어져 음험함. 坎坷 : 울퉁불퉁함. 역경의 뜻. 撑持 : 붙잡고 의지함. 榛莽 : 가시덤불. 坑塹 : 구렁텅이와 도랑.

해설 세상을 살아가는 것은 마치 험한 산길을 걸어가고 위태로운 다리를 건너가는 것과 같으니, 참고 견디는 인내심이 없으면 각박하고 험한 세상에서 패배자가 되지 않을 수 없을 것이다.

183

사람들은 공명과 사업을 뽐내고 문장을 자랑하지만, 이것은 바깥 사물에 의해 훌륭해진 것일 뿐이다. 마음 바탕은 원래 밝은 것이니, 그 본래의 모습을 잃지 않는다면, 비록 한 치의 공적이 없고 글 한 자를 모른다 할지라도 절로 훌륭한 사람이 되는 것인데, 사람들은 이것을 알지 못한다.

誇逞功業(과령공업)과 炫耀文章(현요문장)은 皆是靠外物做人(개시고외물주인)이니 不知心體瑩然(부지심체형연)하여 本來不失(본래불실)이면 卽無寸功隻字(즉무촌공척자)라도 亦自有堂堂正正做人處(역자유당당정정주인처)로다.

주 誇逞 : 자랑함. 功業 : 공명과 사업. 炫耀 : 빛냄, 자랑함. 外物 : 자기 이외의 사물. 做人 : 훌륭한 사람이 됨. 瑩然 : 구슬이 찬란히 빛남. 寸功 : 작은 업적. 隻字 : 한 글자. 적은 지식.

해설 사람들은 자기가 이룬 공적이나 자기의 학문을 남에게 자랑하지만, 그것은 그가 자기 이외의 것으로 얻은 것이니 참으로 값진 것이 못 된다. 인간의 진정한 가치는 마음에 있다. 마음의 바탕이 찬란히 빛나 언제나 본래의 제 모습을 잃지 않는다면, 비록 공적이 없고 지식이 변변치 못하다 할지라도 진정 훌륭한 사람이다.

184

바쁜 가운데 한가함을 얻으려고 하면 먼저 한가한 때에 마음의 자루를 꼭 잡아야 하고, 시끄러운 속에서 고요를 취하려면 먼저 고요한 때에 마음의 주체를 세우라. 그렇지 않으면 마음이 경우에 따라 변하고, 일에 따라 흔들리게 된다.

忙裡(망리)에 要偸閒(요투한)이면 須先向閒時討個欛柄(수선향한시토개파병)하고 鬧中(요중)에 要取靜(요취정)이면 須先從靜處立個主宰(수선종정처립개주재)하라. 不然(불연)이면 未有不因境而遷(미유불인경이천)하고 隨事而靡者(수사이미자)니라.

주 忙裡 : 바쁜 속. 偸閒 : 한가한 틈을 냄. 欛柄 : 자루, 마음의 자루. 鬧中 : 시끄러운 가운데. 主宰 : 주인, 주체. 因境而遷 : 경우에 따라 바뀜.

해설 사람이 바쁜 가운데서도 마음에 여유를 지니려면 한가한 때에 마음의 고삐를 늦추지 말고 잘 단속해야 한다. 그리고 시끄러운 속에서도 조용한 마음을 잃지 않으려면 조용한 때에 주체성主體性을 가지고 마음의 주인으로 행세해야 한다. 그렇지 않으면 환경이 변하고 형편이 달라짐에 따라 마음이 동요되고 바뀌게 된다.

자기 마음을 어둡게 하지 말고, 인정을 없이해 남에게 가혹하게 대하지 말며, 물력을 다 써버리지 마라. 이 세 가지는 하늘을 위하여 마음을 세우고, 만민을 위하여 목숨을 세우고, 자손을 위하여 복을 이루느니라.

不昧己心(불매기심)하고 不盡人情(부진인정)하며 不竭物力(불갈물력)하라. 三者可以爲天地立心(삼자가이위천지립심)하고 爲生民立命(위생민립명)하여 爲子孫造福(위자손조복)이니라.

주 昧己心 : 자기 마음을 어둡게 함. 不盡人情 : 남에게 박정하게 하지 않음. 不竭物力 : 물질의 힘을 다 써버리지 않음. 爲天地立心 : 천지의 마음으로 내 마음을 세움. 生民 : 만민. 立命 : 살길을 마련함.

해설 물욕物慾 때문에 마음을 어지럽히지 마라. 이것이 하늘의 뜻을 체득하는 길이다. 남에게 가혹하게 하여 괴롭히지 마

라. 이것이 모든 사람을 평안히 살게 하는 길이다. 재력財力을 낭비하지 마라. 이것이 자손들을 행복하게 살게 하는 길이다.

186

관직에 있는 사람에게 할 말이 두 마디 있으니, "오직 공평하면 맑은 지혜가 생기고, 오직 청렴하면 위엄이 생긴다"는 것이다. 집에 있는 이를 위해 할 말이 두 마디 있으니, "오직 남을 용서하면 불평이 없고, 오직 검소하면 살림이 넉넉해진다"는 것이다.

居官(거관)에 有二語(유이어)하니 曰(왈) 惟公則生明(유공즉생명)하고 惟廉則生威(유렴즉생위)하며 居家(거가)에 有二語(유이어)하니 曰(왈) 惟恕則情平(유서즉정평)하고 惟儉則用足(유검즉용족)이니라.

주 情平 : 정이 공평함, 불평불만이 없음.
해설 벼슬자리에 있는 사람이 지켜야 할 일은 공평과 청렴이다. 공평무사하면 지혜로워져 일이 원만히 처리되고 청렴 결백하면 권위가 저절로 생긴다. 집에 있을 때 지켜야 할 일은 관대와 검소다. 남에게 너그럽게 대하면 불평이 없고, 검소하 게 살면 살림이 넉넉해진다.

187

부귀한 처지에 있을 때에는 빈천함의 고통을 알아야 하고, 젊은 시절에는 노쇠한 처지의 괴로움을 생각해 야 한다.

處富貴之地(처부귀지지)에 要知貧賤的痛癢(요지빈천적통 양)하고 當少壯之時(당소장지시)에 須念衰老的辛酸(수념쇠로 적신산)이니라.

주 痛癢 : 고통. 辛酸 : 고통.
해설 부귀와 영화를 누리고 있을 때에는 비천한 처지에 있 는 사람들의 괴로움을 헤아려 교만에 빠지지 말아야 하고, 젊었을 때에는 건강에 조심하여 늙어서 후회가 없게 해야 한다.

188

몸가짐이 지나치게 결백해서는 안 되며 욕되고 더러운 것도 모두 용납해야 한다. 남과 사귈 때에는 지나치게 분명하게 따지지 말아야 하며 선악과 현우賢愚를 모두 받아들여야 한다.

持身(지신)엔 不可太皎潔(불가태교결)이니 一切汚辱垢穢(일체오욕구예)를 要茹納得(요여납득)하며 與人(여인)엔 不可太分明(불가태분명)이니 一切善惡賢愚(일체선악현우)를 要包容得(요포용득)하나니라.

주 皎潔 : 희고 깨끗함. 汚辱 : 더러움과 욕. 垢穢 : 때와 더러움. 茹納 : 함께 받아들임. 與人 : 남과 사귐.

해설 세상을 살아갈 때 너무 결백해서는 안 된다. 차라리 욕되고 더러운 것을 용납하는 넓은 도량이 있어야 한다. 남과 사귈 때에는 지나치게 옳고 그른 것을 따지지 말아야 한다. 착한 자나 악한 자나 현명한 자나 어리석은 자를 다 받아들여야 한다.

189

소인과 원수를 맺지 마라. 소인은 저대로 상대가 있는 법이다. 군자에게 아첨하지 마라. 군자는 원래 사사로운 은혜를 베풀지 않는다.

休與小人仇讐(휴여소인구수)하라. 小人(소인)은 自有對頭(자유대두)니라. 休向君子諂媚(휴향군자첨미)하라. 君子(군자)는 原無私惠(원무사혜)니라

주 仇讐 : 원수. 對頭 : 상대. 諂媚 : 아첨. 私惠 : 사사로운 인정에 끌려 베푸는 불공평한 은혜.

해설 덕이 없는 소인을 상대할 때는 원한을 갖게 하지 말고 너그럽게 대하라. 소인은 소인과 잘 어울린다. 덕이 높은 군자

에게는 아첨하지 마라. 군자는 공평무사하니, 아첨한다고 해서 사사로운 인정에 끌려 불공평한 은혜를 베풀지는 않는다.

190

욕심을 부리는 병은 고칠 수 있지만, 이론만을 고집하는 병은 고치기 어렵다. 사물의 장애는 고칠 수 있지만, 의리에 얽매인 장애는 없애기 어렵다.

縱欲之病(종욕지병)은 可醫(가의)나 而執理之病(이집리지병)은 難醫(난의)요, 事物之障(사물지장)은 可除(가제)나 而義理之障(이의리지장)은 難除(난제)니라.

주 縱欲 : 함부로 욕심을 부림. 執理 : 이론에 얽매임.
해설 욕심 부리는 병은 고칠 수 있어도 자기 견해만 옳다고 우기는 고집은 고치기 어렵다. 또 물질에 얽매인 마음의 장애물은 제거할 수 있어도 정신적 의리에 얽매인 장애물은 좀처럼 제거할 수 없다. 즉 물질적인 병폐보다 정신적인 병폐가 더

고치기 어렵다.

191

수양은 백 번 단련된 쇠와 같으니 급히 이룬 것은 깊은 수양이 아니다. 실행은 천 균鈞의 활과 같으니 가벼이 쏜 것은 큰 공이 없다.

磨礪(마려)는 當如百鍊之金(당여백련지금)이니 急就者(급취자)는 非邃養(비수양)이요, 施爲(시위)는 宜似千鈞之弩(의사천균지노)니 輕發者(경발자)는 無宏功(무굉공)이니라.

주 磨礪 : 갈고 닦음. 急就 : 급히 이룸. 邃養 : 깊은 수양.
施爲 : 일을 실천함. 千鈞之弩 : 돌로 만든 큰 활. 鈞은 30근.
輕發 : 화살을 경솔히 쏨. 宏功 : 큰 공로.
해설 인격의 수양은 하루 이틀에 이루어지지 않는다. 되풀이해 단련되는 쇠붙이처럼 꾸준한 노력이 필요하다. 또 활을 쏘는 사람이 충분한 실력을 길러 천 균의 활로 쏘듯이, 사업을

할 때에는 충분한 능력을 기른 뒤에 전력을 기울여야 성과를
거둘 수 있다.

192

차라리 소인에게 미움과 비난을 받을지언정 소인들
이 아첨하고 좋아하는 대상이 되지 마라. 차라리 군자
에게 꾸짖음을 당하고 일깨워질지언정 군자가 감싸고
용서하는 자가 되지 마라.

寧爲小人所忌毁(영위소인소기훼)언정 毋爲小人所媚悅(무위
소인소미열)하고 寧爲君子所責修(영위군자소책수)언정 毋爲
君子所包容(무위군자소포용)하라.

주 忌毁 : 꺼리고 헐뜯음. 媚悅 : 아첨하고 좋아함. 責修 :
꾸짖고 바로잡음.
해설 소인으로부터 시기와 비방을 듣는 것은 당당한 일이
나 그들의 아부를 받아들여 그들에게 환영을 받는다면 얼마

244

나 쓸개 빠진 인물이겠는가. 군자에게서 꾸지람을 듣고 충고를 듣는다면 인격 배양에 도움이 될 것이나, 만일 군자가 잘못을 눈감아주고 못 본 체한다면 그는 버림을 받은 소인이 분명하다.

193

이利를 좋아하는 사람은 도의道義 밖으로 벗어나기 때문에 그 해독이 밖으로 드러나나 얕으며, 명예를 좋아하는 사람은 도의 안에 숨어들기 때문에 그 해독이 보이지 않으나 깊다.

好利者(호리자)는 逸出於道義之外(일출어도의지외)라 其害顯而淺(기해현이천)하고 好名者(호명자)는 竄入於道義之中(찬입어도의지중)이라 其害隱而深(기해은이심)이니라.

주 逸出 : 벗어남. 道義 : 도덕과 의리. 竄入 : 속으로 파고들다.

해설 사리사욕에 급급한 사람은 도의를 외면하기 때문에 그
가 끼치는 해독이 곧 사람들의 눈에 뜨이지만, 그것이 물질적
인 것에 그치므로 대단치 않다. 그러나 명예를 탐내는 사람은
도의의 가면을 쓰고 겉으로 의젓한 체하기 때문에 사람들의
눈에 잘 뜨이지는 않지만, 정신 면에 끼치는 해독은 막대하다.

194

남한테서 받은 은혜는 깊어도 갚지 않으면서 원망은
얕아도 갚고, 남이 악하다는 이야기를 들으면 비록 뚜
렷하지 않아도 의심하지 않으면서 착하다는 이야기는
뚜렷해도 의심한다. 이것이야말로 각박의 극단이요 경
박의 극치니 반드시 경계해야 한다.

受人之恩(수인지은)에는 雖深不報(수심불보)나 怨則淺亦報
之(원즉천역보지)하며 聞人之惡(문인지악)에는 雖隱不疑(수
은불의)나 善則顯亦疑之(선즉현역의지)하나니 此刻之極(차각
지극)이요, 薄之尤也(박지우야)니 宜切戒之(의절계지)니라.

주 刻之極 : 심히 각박함. 薄之尤 : 몹시 경박함.

해설 남한테 많은 은혜를 받고도 갚을 줄 모르면서 남에게 조그마한 원한이라도 갖게 되면 반드시 앙갚음을 하려고 한다. 또 남에 대한 악평은 그것이 불분명하더라도 믿으면서, 남에 대한 호평은 그것이 비록 분명한 사실이라 하더라도 믿으려고 하지 않는다. 이것이야말로 각박하고 경박하기 이를 데 없는 일이니 경계해야 한다.

195

참소하고 헐뜯는 사람은 마치 조각 구름이 햇빛을 가리는 것과 같아서 오래지 않아 스스로 밝아지며, 아양을 떨고 아첨하는 사람은 마치 창틈으로 스며든 바람이 살갗을 스치는 것과 같아서 그 해로움을 깨닫기 어렵다.

讒夫毁士(참부훼사)는 如寸雲蔽日(여촌운폐일)하여 不久自明(불구자명)이요, 媚子阿人(미자아인)은 似隙風侵肌(사극풍

침기)하여 不覺其損(불각기손)이니라.

주 讒夫 : 참소하는 사람. 毁士 : 헐뜯는 사람. 寸雲 : 조각
구름. 媚子 : 아양을 떠는 소인. 阿人 : 아첨하는 사람. 隙風 :
창틈으로 스며드는 바람. 侵肌 : 살갗에 스며듦.

해설 남을 중상하고 모략하는 사람은 그다지 경계하지 않
아도 된다. 그런 참소는 조각 구름이 밝은 해를 가린 것 같아
서 멀지 않아 진상이 밝혀지게 마련이다. 그러나 알랑거리고
아부하는 사람은 경계해야 한다. 저들의 웃는 얼굴과 듣기 좋
은 말은 마치 창틈으로 스며드는 바람 같아서 알지 못하는 사
이에 큰 해독을 끼친다.

196

산이 높고 험한 곳에는 나무가 없으나 골짜기에는 초
목이 무성하고, 물살이 센 곳에는 고기가 없지만 연못
물이 고요하고 깊게 고이면 물고기와 자라가 모여든
다. 군자는 지나치게 고상한 태도와 좁고 급한 마음을

경계해야 한다.

山之高峻處(산지고준처)에는 無木(무목)이나 而谿谷廻環(이계곡회환)하면 則草木叢生(즉초목총생)하고 水之湍急處(수지단급처)에는 無魚(무어)나 而淵潭停蓄(이연담정축)하면 則魚鼈聚集(즉어별취집)하나니 此高絕之行(차고절지행)과 褊急之衷(편급지충)은 君子重有戒焉(군자중유계언)이니라.

주 廻環 : 굽이굽이 감돌다. 叢生 : 무성하게 자람. 湍急 : 물살이 세고 급함. 停蓄 : 머물러 쌓임. 聚集 : 모여듦. 高絕 : 지나치게 고고함. 褊急之衷 : 도량이 좁고 성급함.

해설 산이 지나치게 높고 험하면 나무가 자라지 못하지만 골짜기에서는 초목이 잘 자란다. 또 물살이 세고 급한 데서는 물고기가 살지 못하지만 늪과 연못에는 물고기와 자라가 저절로 모여든다. 이와 마찬가지로 사람도 너무 고고하거나 과격하면 사람들이 따르지 않아 외톨이가 될 우려가 많으므로 경계해야 한다.

197

공을 세우고 사업을 이룬 사람은 대개 마음이 담담하고 원만하며, 일에 실패하고 기회를 잃은 사람은 너무 집착하고 고집이 세다.

建功立業者(건공립업자)는 多虛圓之士(다허원지사)요, 僨事失機者(분사실기자)는 必執拗之人(필집요지인)이니라.

주 虛圓 : 마음이 허심탄회하고 행동이 원만함. 僨事 : 일에 실패함. 執拗 : 악착같음.

해설 큰일을 하는 사람은 대개 포용력이 있고 원만하며, 일에 실패하고 기회를 놓친 사람은 으레 욕심이 앞서 악착같고 고집이 세다.

198

세상을 살아가는 마당에서는 세속과 보조를 같게 하

지도 말고 또 다르게 하지도 마라. 일을 하는 마당에서
는 남으로 하여금 싫어하게 하지도 말고 또 기뻐하게
하지도 마라.

處世(처세)에는 不宜與俗同(불의여속동)하고 亦不宜與俗異
(역불의여속이)하며 作事(작사)에는 不宜令人厭(불의령인염)
하고 亦不宜令人喜(역불의령인희)하라.

주 作事 : 일을 함. 令人厭 : 남으로 하여금 싫어하게 함.
해설 세상을 살아갈 때 세속에 너무 빠져들어가도 안 되고
세속과 너무 동떨어져도 안 된다. 세속에서 세속을 이끌어 나
가는 자세가 바람직하다. 또 일을 하면서 사람들의 비위를 다
맞출 수는 없다. 그들이 지나치게 싫어하지도 않고 지나치게
좋아하지도 않는 중용을 취하는 것이 바람직하다.

199

하루 해가 이미 저물었으되 오히려 연기와 노을이 아

름답고, 한 해가 장차 지려 하지만 귤은 더욱 향기롭다. 그러므로 인생의 마지막 만년에 군자는 정신을 백배 가다듬어야 한다.

日旣暮而猶烟霞絢爛(일기모이유연하현란)하고 歲將晚而更橙橘芳馨(세장만이갱등귤방형)하나니 故(고)로 末路晚年(말로만년)은 君子更宜精神百倍(군자갱의정신백배)니라.

주 烟霞 : 연기와 노을. 絢爛 : 아름답게 빛남. 橙橘 : 귤. 芳馨 : 꽃다운 향기.

해설 해가 지면 저녁 연기와 아름다운 노을이 하루의 마지막을 장식하고, 한 해가 다 갈 무렵이면 귤이 익어 그윽한 향기를 풍긴다. 사람의 일생에서도 말로와 만년이 중요하니, 어찌 헛되이 보내겠는가. 백 배나 정신을 가다듬어 분발해야 할 것이다.

200

　매가 조는 듯 앉아 있고 호랑이가 병든 듯 걸어가지만, 이것이 바로 사람을 움켜쥐고 잡아먹는 수단이다. 그러므로 군자는 총명함을 드러내지 말고 재능을 나타내지 말아야 한다. 이것이 어깨에 큰일을 짊어질 힘이 될 것이다.

　鷹立如睡(응립여수)하고 虎行似病(호행사병)하나니 正是他攫人噬人手段處(정시타확인서인수단처)니라. 故(고)로 君子(군자)는 要聰明不露(요총명불로)하고 才華不逞(재화불령)하나니 纔有肩鴻任鉅的力量(재유견홍임거적력량)이니라.

　주 不逞 : 속에 품고 나타내지 않음. 肩鴻任鉅 : 어깨에 큰 임무를 짊어지다.

　해설 매가 앉아 있는 모습은 조는 것 같고, 호랑이가 걸어가는 모습은 병든 것 같다. 그러나 이것은 먹이를 움켜쥐고 물어뜯기 위한 미끼다. 그러므로 사람도 큰일을 해내려면 자기의 지혜와 재능을 함부로 드러내지 말아야 한다.

201

검약은 미덕이지만 지나치면 인색하고 비루해져 도리어 정도正道를 해치고, 겸손은 아름다운 행실이지만 지나치면 아첨과 비굴이 되어 음흉한 마음이 나타나게 된다.

儉(검)은 美德也(미덕야)나 過則爲慳吝(과즉위간린)하고 爲鄙嗇(위비색)하여 反傷雅道(반상아도)하고 讓(양)은 懿行也(의행야)나 過則爲足恭(과즉위주공)하고 爲曲謹(위곡근)하여 多出機心(다출기심)이니라.

주 慳吝 : 지나치게 인색함. 鄙嗇 : 천박하고 인색함. 雅道 : 바른길. 懿行 : 아름다운 행실. 足恭 : 지나치게 공손함, 아첨. 曲謹 : 지나치게 조심함, 비굴. 機心 : 꾀를 내는 마음, 책략을 꾸미는 마음.

져 도리어 바른길에서 벗어나게 된다. 남에게 겸손한 것은 아름다운 행실이지만 지나치면 아첨과 비굴이 되어 자기의 본심을 숨기고 책략을 꾸미는 마음이 생겨난다.

202

일이 뜻대로 되지 않는다고 걱정하지 말고, 마음에 흡족하다고 기뻐하지 말며, 오랫동안 편안하기를 믿지 말고, 처음이 어렵다고 꺼리지 마라.

毋憂拂意(무우불의)하고 毋喜快心(무희쾌심)하며 毋恃久安(무시구안)하고 毋憚初難(무탄초난)하라.

주 拂意 : 뜻에 거슬림, 일이 뜻대로 되지 않음.
해설 일이 뜻대로 되지 않는다고 걱정할 것은 없다. 좀 더 힘을 기울이면 성공을 거둘 것이다. 반대로 일이 순조롭게 뜻대로 잘된다고 기뻐만 해서도 안 된다. 기쁨에 도취되면 뜻하

지 않은 실패를 맛보게 된다. 오랫동안 무사했다고 해서 마음
을 놓지 마라. 언제 불운이 닥칠지 모르니 조심해야 한다. 반
대로 처음에 일이 어렵다고 두려워할 것도 없다. 그 어려움을
뚫고 나가면 일이 잘 풀릴 것이다.

203

술잔치의 즐거움이 잦으면 좋은 집안이 아니고, 명성
을 떨치기를 원하면 훌륭한 선비가 아니며, 높은 벼슬
을 탐내면 훌륭한 신하가 아니다.

飮宴之樂多(음연지락다)는 不是個好人家(불시개호인가)요,
聲華之習勝(성화지습승)은 不是個好士子(불시개호사자)요,
名位之念重(명위지념중)은 不是個好臣士(불시개호신사)니라.

주 飮宴 : 술잔치. 聲華 : 명성. 士子 : 선비. 名位 : 높은 벼
슬. 臣士 : 신하.

해설 자주 술잔치를 베풀어 흥청거리는 가정은 보잘것없는

집안이요, 명성 떨치기에 급급한 사람은 하찮은 선비요, 높은
벼슬자리에만 눈독을 들이는 사람은 충성스러운 신하가 못
된다.

204

세상 사람들은 마음에 맞는 것으로 즐거움을 삼으니
오히려 즐거움에 이끌려 괴로움 가운데 몸을 담게 되
며, 통달한 선비는 마음에 거슬리는 것으로 즐거움을
삼으니 마침내 괴로움이 변하여 즐거움이 된다.

世人(세인)은 以心肯處爲樂(이심긍처위락)이라. 却被樂心
引在苦處(각피락심인재고처)하고 達士(달사)는 以心拂處爲
樂(이심불처위락)이라 終爲苦心換得樂來(종위고심환득락래)
니라.

주 心肯 : 마음에 만족함. 樂心 : 즐거운 마음, 즐거움을 좇
는 마음. 達士 : 인생에 통달한 선비. 心拂 : 마음에 어긋남.

해설 세상 사람들은 부귀와 영화에 대한 욕심을 만족시키는 것을 즐거움으로 삼기 때문에 도리어 즐거움을 찾아 헤매는 괴로움 속에 살게 된다. 그러나 이와 반대로 인생을 달관한 선비는 부귀영화의 욕망을 억제하는 것을 즐거움으로 삼기 때문에 아무리 비천함 속에 살더라도 괴로움 없이 즐거움 속에서 살아가게 된다.

205

가득 찬 곳에 있는 사람은 마치 물이 넘치려다가 채 넘치지 않은 것과 같아서 다시 한 방울을 더하는 것도 꺼리고, 위급한 처지에 있는 사람은 마치 나무가 꺾이려다가 아직 꺾이지 않은 것과 같아서 조금이라도 더 누르는 것을 싫어한다.

居盈滿者(거영만자)는 如水之將溢未溢(여수지장일미일)하여 切忌再加一滴(절기재가일적)이요, 處危急者(처위급자)는 如木之將折未折(여목지장절미절)하여 切忌再加一搦(절기재가일닉)이니라.

  주 盈滿 : 가득 참, 부귀가 넘침. 將溢未溢 : 장차 넘치겠지만 아직 넘치지 않음, 넘칠 듯 말 듯 가득 찬 상태. 一搦 : 조금 누름.

  해설 부귀가 넘치는 사람은 마치 그릇에 물이 가득 찬 것 같아서 한 방울이라도 더해지는 것을 꺼린다. 또 위급한 처지에 있는 사람은 마치 나무가 휘어져서 꺾어질 듯한 상태와 같으므로 조금이라도 더 누르는 것을 싫어한다. 그러므로 군자는 너무 가득한 상태나 위험한 지경에는 이르지 않도록 조심해야 한다.

206

  냉정한 눈으로 사람을 보고, 냉정한 귀로 남의 말을 들으며, 냉정한 감정으로 일을 대하고, 냉정한 마음으로 도리를 생각하라.

冷眼觀人(냉안관인)하고 冷耳聽語(냉이청어)하며 冷情當感(냉정당감)하고 冷心思理(냉심사리)하라.

주 冷眼 : 냉정한 눈. 當感 : 느낌을 당함, 일을 대함.

해설 사람들은 냉정을 잃어 올바른 판단을 하지 못하기 때문에 일을 그르치는 경우가 많다. 냉정한 눈으로 사람을 관찰해야 바로 볼 수 있고, 냉정한 귀로 남의 말을 들어야 시비를 가릴 수 있으며, 냉정한 감정으로 일을 대해야 오류를 범하지 않고, 냉정한 마음으로 도리를 생각해야 진리를 깨달을 수 있다.

207

어진 사람은 마음이 넓고 느긋하니 복이 많고 경사가 오래가 하는 일마다 너그럽고 여유 있는 기상을 이루게 된다. 그러나 마음이 천한 사람은 생각이 좁고 다급하니 복록福祿이 박하고 혜택이 짧아 하는 일마다 그 규모가 옹졸하고 조급하다.

仁人(인인)은 心地寬舒(심지관서)라 便福厚而慶長(변복후이경장)하여 事事成個寬舒氣象(사사성개관서기상)하고 鄙夫(비부)는 念頭迫促(염두박촉)이라 便祿薄而澤短(변록박이택단)하여 事事得個迫促規模(사사득개박촉규모)니라.

해설 어진 사람은 마음이 넓고 느긋하여 복도 많고 집안의 경사도 오랫동안 그치지 않으며 하는 일마다 발전한다. 그러나 마음이 비천한 사람은 옹졸하고 다급하므로 복이 없어 자손들도 혜택을 받지 못하며 하는 일마다 옹졸하고 쇠퇴한다.

208

악한 말을 듣더라도 곧 미워하지 마라. 참소하는 자의 분풀이가 될까 두렵다. 선한 말을 듣더라도 급히 친하지 마라. 간사한 자의 출세를 끌어줄까 두렵다.

聞惡(문악)이라도 不可就惡(불가취오)니 恐爲讒夫洩怒(공위
참부설노)요, 聞善(문선)이라도 不可急親(불가급친)이니 恐引
奸人進身(공인간인진신)이니라.

주 就惡 : 곧 미워함. 讒夫 : 참소하는 사람. 洩怒 : 화풀이.
進身 : 입신출세.

해설 악한 말을 듣더라도 경솔하게 속단하여 미워하지 마
라. 고자질하는 사람의 분풀이인 경우가 많다. 또 선한 말을
듣더라도 그를 곧 신임하여 급히 사귀지 마라. 간사한 자의 출
세를 도와주어 사회에 해독을 끼치는 일이 있어서는 안 된다.

209

성질이 조급하고 마음이 거친 사람은 한 가지 일도
이룰 수가 없고, 마음이 부드럽고 성질이 화평한 사람
에게는 백 가지 복이 절로 모여든다.

性燥心粗者(성조심조자)는 一事無成(일사무성)이요, 心和氣

平者(심화기평자)는 百福自集(백복자집)이니라.

주 性燥 : 성질이 조급함. 心粗 : 마음이 거침.

해설 성질이 조급하여 침착하지 못하고 마음이 거친 사람
은 치밀하지 못하기 때문에 한 가지 일도 제대로 이루지 못한
다. 마음이 부드럽고 성질이 평온한 사람은 침착하고 일을 신
중히 처리하기 때문에 쉽사리 성공을 거두어 여러 가지 복이
저절로 모여들게 된다.

210

사람을 부릴 때에는 각박하게 대하지 마라. 각박하게
대하면 성과를 올리려고 생각하던 사람도 떠나버린다.
친구를 사귈 때에는 함부로 사귀지 마라. 함부로 사귀
면 아첨하는 자도 찾아올 것이다.

用人(용인)엔 不宜刻(불의각)이니 刻則思效者去(각즉사효자
거)하고 交友(교우)엔 不宜濫(불의람)이니 濫則貢諛者來(남즉

공유자래)니라.

주 用人 : 사람을 부림. 思效者 : 성과를 올리려고 생각하는 사람. 貢諛 : 아첨함.

해설 사람을 혹사하지 마라. 혹사하면 힘껏 일해보려던 성실하고 유능한 사람도 떠나버린다. 또 사람을 사귈 때에는 어느 정도 가려서 사귀라. 함부로 사귀면 아첨하는 소인이 먼저 찾아들 것이다.

211

바람이 세차고 빗발이 사나운 곳에서는 다리(脚)를 튼튼히 세워야 하고, 꽃이 만발하고 능수버들이 아름다운 곳에서는 눈을 들어 높이 보아야 하며, 길이 위태롭고 험한 곳에서는 머리를 빨리 돌려야 한다.

風斜雨急處(풍사우급처)에는 要立得脚定(요립득각정)하고
花濃柳艶處(화농유염처)에는 要著得眼高(요착득안고)하며 路

危徑險處(노위경험처)에는 要回得頭早(요회득두조)니라.

주 風斜雨急 : 비바람이 거셈. 어지러운 세상을 비유하고 있음. 花濃柳艶 : 꽃향기가 짙고 버들이 아름다움. 路危徑險 : 길이 위태롭고 험함. 역경을 가리킴.

해설 비바람이 몰아치는 날이면 두 다리에 힘을 주어 버티고 서듯, 어지러운 역경에서는 정신을 가다듬어 침착하게 살아가야 한다. 꽃향기가 짙고 버들이 아름다운 곳에서는 한눈을 팔기 쉽다. 음탕과 유흥에서 눈을 돌려 큰 목표를 향해 매진해야 한다. 험하고 위태한 길에서는 곧 발길을 돌려야 한다. 어물어물하다 보면 어려움에 깊이 빠지게 된다.

212

절의가 있는 사람은 온화한 마음을 길러야 비로소 분쟁의 길을 열지 않을 것이고, 공명이 있는 사람은 겸양의 덕을 체득해야 시기의 문이 열리지 않을 것이다.

節義之人(절의지인)은 *濟以和衷*(제이화충)하면 *纔不啓忿爭* *之路*(재불계분쟁지로)하고 功名之士(공명지사)는 *承以謙德* (승이겸덕)하면 *方不開嫉妒之門*(방불개질투지문)이니라.

주 和衷 : 온화한 마음. 忿爭 : 성내어 다툼. 謙德 : 겸양 의 덕.

해설 절개와 의리가 강한 사람은 그만큼 모가 나서 남과 충 돌하기 쉽다. 그러므로 온화한 마음을 기르기에 힘써야 한다. 또 명예욕이 강한 사람은 교만하기 쉬우니 겸손한 마음을 기 르기에 힘써야 한다. 그렇지 않으면 남의 질투를 면치 못할 것 이다.

213

선비가 벼슬자리에 있을 때에는 편지 한 장이라도 절도 있게 써야 한다. 사람들로 하여금 그 마음을 들 여다보기 어렵게 하여 요행을 바라고 모여들 틈을 주 지 말아야 하기 때문이다. 고향에서 살 때에는 몸가짐을 너무 높게 하지 말아야 한다. 사람들로 하여금 마음을 들여다보기 쉽게 하여 옛정을 두터이 해야 하기 때문이다.

士大夫(사대부)는 居官(거관)에 不可竿牘無節(불가간독무절)이니 要使人難見(요사인난견)하여 以杜倖端(이두행단)이요, 居鄕(거향)엔 不可崖岸太高(불가애안태고)니 要使人易見(요사인이견)하여 以敦舊好(이돈구호)니라.

주 竿牘 : 편지. 倖端 : 요행의 단서. 崖岸 : 벼랑. 위엄을 가리킴.

해설 벼슬자리에 있을 때에는 편지 한 장을 쓰더라도 남들에게 틈을 보이면 안 된다. 요행을 바라는 소인들이 모여들기 때문이다. 그러나 벼슬에서 물러나 고향에 와서 살 때에는 너무 위엄을 부리지 말고 마음의 문을 열어 사람들과 옛정을 두텁게 해야 한다.

대인을 두려워하지 않으면 안 된다. 대인을 두려워하면 방종한 마음이 사라질 것이다. 소인도 두려워하지 않으면 안 된다. 소인을 두려워하면 거만하고 횡포하다는 말이 사라질 것이다.

大人(대인)은 不可不畏(불가불외)니 畏大人則無放逸之心(외대인즉무방일지심)이요, 小民(소민)도 亦不可不畏(역불가불외)니 畏小民則無豪橫之名(외소민즉무호횡지명)이니라.

주 大人 : 학문과 덕이 높은 사람. 放逸 : 방종. 豪橫 : 위세를 믿고 횡포함.

해설 학문과 덕이 높은 사람을 어려워해야 한다. 그러면 그 감화를 받아 방종한 마음이 일어나지 않게 될 것이다. 일반 서민도 존중하며 어려워해야 한다. 그러면 그들과의 사이에 친근감이 생겨 거만하다거나 횡포하다는 혹평을 듣지 않게 될 것이다.

일이 조금이라도 뜻대로 되지 않으면 바로 자기만 못한 사람을 생각하라. 그러면 원망이 자연히 없어질 것이다. 마음이 조금이라도 게을러지려 하거든 바로 자기보다 나은 사람을 생각하라. 그러면 정신이 자연히 분발하게 될 것이다.

事稍拂逆(사초불역)에는 便思不如我的人(변사불여아적인)이면 則怨尤自消(즉원우자소)하고 心稍怠荒(심초태황)에는 便思勝似我的人(변사승사아적인)이면 則精神自奮(즉정신자분)이니라.

주 拂逆 : 뜻대로 안 됨. 怨尤 : 원망. 怠荒 : 게을러짐.

해설 일이 뜻대로 되지 않는다고 해서 낙심하지 말고 세상에는 자기보다 못한 사람도 많다는 것을 생각해보라. 그러면 위로를 받아 자연히 원망스러운 마음이 없어질 것이다. 마음이 해이해지고 나태해지면 세상에는 자기보다 나은 사람이 많

다는 것을 생각하라. 그러면 분발하는 마음이 생겨 게으름을
피우지 않게 될 것이다.

216

기쁨에 들떠 가볍게 승낙하지 말고, 술에 취한 것을
빙자하여 성내지 마라. 유쾌함에 들떠 일을 많이 벌이
지 말고, 싫증난다고 해서 일을 그만두지 마라.

不可乘喜而輕諾(불가승희이경낙)하고 不可因醉而生嗔(불가
인취이생진)하며 不可乘快而多事(불가승쾌이다사)하고 不可
因倦而鮮終(불가인권이선종)이니라.

주 輕諾 : 경솔히 승낙함. 生嗔 : 성을 냄. 鮮終 : 일을 끝내
지 못함.

해설 사람은 감정에 휩쓸려 경솔히 행동하면 안 된다. 기쁠
때에 가볍게 일을 승낙하면 나중에 크게 후회한다. 술에 취한
때일수록 함부로 화를 내서는 안 된다. 또 일이 순조로워 기분

이 좋을 때에는 쓸데없이 일을 벌이는 것을 삼가야 하며, 일이 잘 진행되지 않아 마음이 괴롭고 고달프다고 해서 시작한 일을 끝맺기도 전에 중단해서는 안 된다.

217

독서를 잘하는 사람은 신이 나서 손발이 춤추는 경지에까지 이르러야 한다. 그렇게 해야 비로소 형식에 구애받지 않게 된다. 사물을 잘 관찰하는 사람은 마음과 정신이 융합되는 경지에까지 이르러야 한다. 그때에야 비로소 사물의 외형에 사로잡히지 않게 된다.

善讀書者(선독서자)는 要讀到手舞足蹈處(요독도수무족도처)하나니 方不落筌蹄(방불락전제)하고 善觀物者(선관물자)는 要觀到心融神洽時(요관도심융신흡시)하나니 方不泥迹象(방불니적상)이니라.

주 手舞足蹈 : 기뻐서 어깨춤이 저절로 나오는 모습. 筌

蹄 : 도구. 여기서는 문자와 문장. 筌은 고기 잡는 통발이고 蹄는 토끼 잡는 덫. 心融神洽 : 마음과 정신이 보는 물건과 융합됨, 즉 물아일체物我一體의 경지. 迹象 : 물건의 외형.

해설 독서를 잘하는 사람은 자기도 모르는 사이에 목청을 돋우고 어깨춤이 나오는 경지에까지 이르러야 한다. 그래야 비로소 문장에 얽매이지 않고 그 속에 담긴 진정한 뜻을 알 수 있다. 또 사물을 관찰할 경우에는 정신을 사물에 집중시켜 자기와 사물을 하나로 융합시켜야 한다. 그래야 비로소 외형에 사로잡히지 않고 그 진상을 깨달을 수 있다.

218

하늘은 한 사람을 현명하게 하여 모든 사람의 어리석음을 깨우치려 하나, 세상에서는 오히려 자기의 장점을 내세워 남의 단점을 들춰낸다. 또 하늘은 한 사람에게 부유함을 주어 이 곤궁을 구제하려 하나, 세상에서는 오히려 가진 것에 의지하여 가난을 업신여긴다. 참으로 천벌을 받아 마땅한 사람들이다.

天賢一人(천현일인)하여 以誨衆人之愚(이회중인지우)어늘 而世反逞所長(이세반령소장)하여 以形人之短(이형인지단)하며 天富一人(천부일인)하여 以濟衆人之困(이제중인지곤)이어늘 而世反挾所有(이세반협소유)하여 以凌人之貧(이릉인지빈)하나니 眞天之戮民哉(진천지륙민재)로다.

주 逞所長 : 자기 장점을 드러냄. 挾所有 : 자기 소유에 의지함. 天之戮民 : 천벌을 받을 사람.

해설 하늘이 현명한 사람을 낸 것은 어리석은 대중을 깨우치기 위함이다. 그런데 세상의 현명한 자들은 자기의 본래 사명을 잊고 도리어 뛰어난 학식과 재능을 내세워 남의 무지를 비웃거나 그들의 단점을 드러내기 일쑤다. 또 하늘이 부자를 낸 것은 가난한 사람들을 구제하기 위함이다. 그런데 세상의 부자들은 이 사명을 잊고 도리어 부를 기화로 가난한 사람들을 착취할 따름이다. 이런 자들은 모두 천벌을 받아 마땅하다.

학문과 덕이 극치에 이른 사람이야 무엇을 생각하며 무엇을 근심하랴. 어리석은 사람은 지식도 생각도 없으니 오히려 함께 학문을 논하고 또 더불어 공을 세울 수가 있다. 다만 재주가 어중간한 사람은 제 나름의 생각과 지식이 많아 억측과 시기도 많으니 매사에 함께 일하기가 어렵다.

至人(지인)은 何思何慮(하사하려)리요. 愚人(우인)은 不識不知(불식부지)라 可與論學(가여론학)하고 亦可與建功(역가여건공)이로되 唯中才的人(유중재적인)은 多一番思慮知識(다일번사려지식)이라 便多一番億度猜疑(변다일번억탁시의)하여 事事難與下手(사사난여하수)니라.

주 至人 : 학문과 덕이 극치에 이른 현자. 中才的人 : 지인 至人과 우인愚人의 중간인. 億度 : 억측. 下手 : 일함.

해설 현자와 우인은 학문이나 덕으로 볼 때에는 두 극단極

端을 이루지만, 무심무아無心無我하여 마음이 텅 비어 있기는 마찬가지다. 그러므로 이들은 서로 학문을 논할 수도 있고 더불어 일을 할 수도 있다. 그러나 그 중간에 속하는 어중간한 자들은 나름대로 생각도 있고 지식도 있어 억측과 시기도 많다. 그래서 이들과 손을 잡고 일하면 언제나 말썽이 일어나게 된다.

220

입은 곧 마음의 문이니 입을 엄밀히 봉하지 않으면 참된 기밀이 모두 새어나가며, 뜻은 마음의 발이니 뜻을 엄격히 막지 않으면 그릇된 길로 달아나버린다.

口乃心之門(구내심지문)이니 守口不密(수구불밀)이면 洩盡眞機(설진진기)하고 意乃心之足(의내심지족)이니 防意不嚴(방의불엄)이면 走盡邪蹊(주진사혜)니라.

주 洩盡 : 누설 . 眞機 : 진정한 기밀. 邪蹊 : 비뚤어진 길.

해설 마음속의 생각은 입을 통해 밖으로 나오게 되므로 입은 곧 마음의 문이라고 할 수 있다. 그러므로 말을 삼가지 않으면 마음의 기밀이 다 새어나가고 만다. 또 마음속의 생각을 실행하려면 우선 뜻을 세우는 것이 그 제일보니, 뜻은 마음의 발이라 할 수 있다. 그러므로 뜻을 엄격하고 바르게 세우지 않으면 그릇된 길로 빗나가기 쉽다.

221

남을 꾸짖을 때에는 허물 있는 가운데서 허물 없음을 찾아내도록 하라. 그러면 감정이 평온해질 것이다. 자신을 꾸짖을 때에는 허물 없는 속에서 허물을 찾아내도록 하라. 그러면 덕이 자랄 것이다.

責人者(책인자)는 原無過於有過之中(원무과어유과지중)하면 則情平(즉정평)하고 責己者(책기자)는 求有過於無過之內(구유과어무과지내)하면 則德進(즉덕진)이니라.

주 情平 : 감정이 평온함.

해설 사람들은 흔히 남의 잘못에는 가혹하고 자기 잘못에는 관대하다. 그러나 남의 잘못을 꾸짖을 때에는 잘못 중에서 허물이 아닌 부분을 찾아내야 마음이 평온해지고 노여움이 사라질 것이다. 그러나 자기 잘못을 꾸짖을 때에는 잘못이 될 수 없는 것 중에서도 잘못을 찾아내어 스스로 반성하고 채찍질하라. 그러면 덕이 향상될 것이다.

222

어린이는 어른의 싹이요, 수재는 사대부의 씨앗이니, 만일 이때에 화력火力이 모자라 단련이 완전치 못하다면, 훗날 세상에 나가 조정에서 일하게 될 때 훌륭한 그릇이 되기 어려울 것이다.

子弟者(자제자)는 大人之胚胎(대인지배태)요, 秀才者(수재자)는 士夫之胚胎(사부지배태)니 此時(차시)에 若火力不到(약화력부도)하여 陶鑄不純(도주불순)하면 他日(타일)에 涉世立

朝(섭세립조)하여 終難成個令器(종난성개령기)니라.

주 胚胎 : 씨앗. 秀才 : 과거에 급제한 사람. 士夫 : 사대부.
陶鑄 : 단련함. 令器 : 훌륭한 그릇, 뛰어난 인물.

해설 어린이는 곧 어른이 되며, 과거에 합격한 수재는 곧
사대부의 높은 벼슬에 오르게 된다. 그러므로 이 시기에 그릇
을 굽듯 제대로 단련을 시켜야 한다. 만일 화력이 모자라 단련
이 제대로 안 된다면 어찌 되겠는가. 훗날 조정에서 중책을 맡
아 일할 때 이를 감당할 만한 훌륭한 인물이 못 될 것이다.

223

군자는 환난에 처해도 걱정하지 않으나 오히려 즐거
운 잔치를 당해서는 걱정하며, 권세 있는 사람을 만나
도 두려워하지 않으나 외로운 사람을 대하면 안타까워
한다.

君子(군자)는 處患難而不憂(처환난이불우)하고 當宴遊而惕

慮(당연유이척려)하며 遇權豪而不懼(우권호이불구)하고 對惸
獨而驚心(대경독이경심)이니라.

주　宴遊 : 즐겁게 노는 잔치.　惕慮 : 삼가고 두려워함.　惸
獨 : 의지할 데 없이 외로운 사람.　驚心 : 놀라다, 동정하다.

해설　군자는 어려움 속에서는 태연하지만 즐거운 잔치가
열린 자리에서는 오히려 마음이 해이해지지 않을까 하고 걱정
한다. 그리고 권세가 앞에서는 조금도 두려워하지 않으나 의
지할 곳 없는 외로운 사람을 만나면 동정을 아끼지 않는다.

224

복숭아꽃과 오얏꽃이 아무리 아름다워도 어찌 저 푸
른 소나무와 잣나무의 굳은 절개만 할 수 있겠는가. 배
와 살구가 아무리 달더라도 어찌 노란 유자와 푸른 귤
의 맑은 향기를 당할 수 있겠는가. 정말 그렇다! 아름
답고 일찍 시드는 것은 담백하고 오래가는 것만 못하
고, 일찍 빼어난 것은 늦게 이루는 것만 못하다.

桃李雖艶(도리수염)이나 何如松蒼栢翠之堅貞(하여송창백취지견정)이며 梨杏雖甘(이행수감)이나 何如橙黃橘綠之馨冽(하여등황귤록지형렬)이리요. 信乎(신호)라 濃夭(농요)는 不及淡久(불급담구)하며 早秀(조수)는 不如晚成也(불여만성야)로다.

주 松蒼栢翠 : 푸른 소나무와 잣나무. 堅貞 : 굳은 절개. 橙黃橘綠 : 노란 유자와 푸른 귤. 馨冽 : 맑은 향기. 濃夭 : 짙으나 일찍 시듦. 早秀 : 일찍 뛰어남. 晚成 : 늦게 이룸.

해설 복숭아꽃이나 오얏꽃이 아름답기는 하나 어찌 사철 변함없이 푸르른 소나무나 잣나무의 절개를 따를 수 있겠는가! 일찍 익는 배나 살구의 맛이 아무리 달다 해도 어찌 한겨울에 익는 유자와 귤의 맑은 향기를 따를 수 있겠는가! 아름다워도 빨리 시들어버리면 무엇하랴? 담백하고 오래가는 것만 못하다. 일찍 두각을 나타내더라도 거기에서 그치면 무엇하랴? 뒤늦게 크게 이루는 것만 못하다.

225

바람 자고 물결 고요한 가운데에서 인생의 참된 경지를 볼 수 있고, 맛이 담담하고 소리가 드문 곳에서 마음의 본모습을 깨달을 수 있다.

風恬浪靜中(풍념랑정중)에 見人生之眞境(견인생지진경)하고 味淡聲希處(미담성희처)에 識心體之本然(식심체지본연)이니라.

주 風恬 : 바람이 잠잠함. 本然 : 본래의 모습.

해설 바람이 세차고 물결이 거센 소란한 생활에서는 인생의 참된 모습을 찾아볼 수 없다. 바람이 자고 물결이 고요한 때라야 마음도 평안을 얻어 인생의 참된 경지를 볼 수 있다. 또 달콤한 맛과 아름다운 소리는 사람의 마음을 끌지만 본래의 마음을 깨닫게 하지는 못한다. 담담한 맛과 소리 드문 고요함 속에서라야 비로소 본심으로 돌아갈 수 있다.

옮긴이 **최 현**

시인, 번역문학가.
고려대학교 철학과 졸업.
《현대문학》지 평론 추천 완료.
저서로는 시집《문》《현대시 10강》《한국 현대시 해부》가 있으며,
역서로는《쇼펜하우어 인생론》《미적 차원》《마하트마 간디》
《교황 요한 바오로 2세와의 대화》 등이 있다.

채근담

발행일 개정판 1쇄 발행 ｜ 2009년 10월 25일
　　　　 개정판 2쇄 발행 ｜ 2011년 2월 20일

지은이 ｜ 홍자성　　　　　　　**옮긴이** ｜ 최 현
펴낸이 ｜ 윤형두　　　　　　　**펴낸곳** ｜ 종합출판 범우(주)
교 정 ｜ 김영석 · 장웅진　　　**디자인** ｜ 김지선
등록번호 ｜ 제406-2004-000012호(2004년 1월 6일)
　　　　　　 (413-756) 경기도 파주시 교하읍 문발리 출판단지 525-2
대표전화 ｜ 031-955-6900　　　**팩 스** ｜ 031-955-6905
홈페이지 ｜ www.bumwoosa.co.kr　**이메일** ｜ bumwoosa@chol.com

ISBN 978-89-6365-017-3　03820

미국 수능시험주관 대학위원회 추천도서!

100大 도서' 범우사 책 최다 선정(28종) 1위

세계문학

158권
▶계속 출간

▶크라운변형판
▶각권 7,000원~15,000원
▶전국 서점에서 낱권으로 판매합니다

★ 서울대 권장도서
● 연고대 권장도서
◆ 미국대학위원회 추천도서